你好！大诗人 李白

银鞍白马少年游

《国家人文历史》 著
崔若玮 绘

中信出版集团 | 北京

目录

你好，我是李白 2

第一章 李白和他的时代 5

第二章 关于李白的问与答 23

第三章 李白的诗世界 37

第四章 除了诗，李白还留下了什么？ 79

你好，我是李白

你们一定听说过我的名字吧。没错，我就是那个大唐最著名、最有才华的天才诗人李白（我就是这么自信）。我曾在大匡山里刻苦读书，希望有朝一日化作大鹏鸟翱翔天际。后来，我迫不及待地背上行囊来到繁华大都市长安，实现平生抱负。我是一个行万里路的旅行家，每到一个地方都不忘留下诗句。我的朋友遍布天下，从皇亲国戚到贩夫走卒，只要与我脾气相投，我都能够与之畅饮对谈（悄悄告诉你，杜甫也是我的崇拜者）。我穿林过市，登高对饮，度过了绚烂夺目的一生。你愿意与我同行，一起仗剑走大唐吗？

基本信息

- 字：太白
- 号：青莲居士
- 别称：李十二、酒仙、诗仙
- 偶像：孟浩然
- 作品数量：存世近千首诗
- 朝代：唐朝
- 生卒年：701—762年
- 出生地：据说是碎叶（今吉尔吉斯斯坦境内）
- 诗风：浪漫飘逸、豪迈奔放
- 存世书法作品：《上阳台帖》

大事记

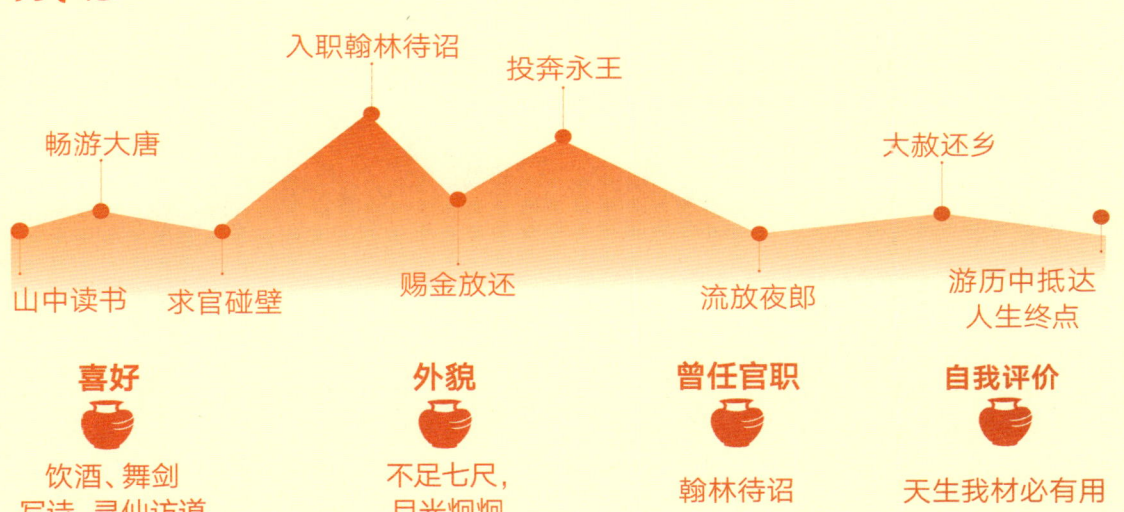

喜好：饮酒、舞剑、写诗、寻仙访道

外貌：不足七尺，目光炯炯

曾任官职：翰林待诏

自我评价：天生我材必有用

关于李白，还有什么你并不知道？

你知道李白一生写了多少首诗吗？答案是超过万首！不过很多没有留存下来，流传至今的有近一千首，真可谓创作能力超群。

我们通过诗和这样一位伟大的诗人相交已久，不过对于这位老熟人，我们真的了解他吗？比如，李白的身世如何？他究竟出生在哪里？李白写了很多满怀远大抱负的诗句，为什么没有通过跻身仕途去实现？此外，他似乎也没有留下画像，他究竟长什么样子？

第一章 李白和他的时代

历史上的盛唐

李白人生中的大部分时光是在唐玄宗李隆基统治时期度过的。那时唐朝国力空前强盛,是当时亚洲乃至世界上最强大的国家。那是经济繁荣、文化昌盛的时代,是群星闪耀的时代,更是开放包容的时代,是后人称为"盛唐"的一段时期。

经济

从李白好朋友杜甫的《忆昔(其二)》一诗中,我们可以看到盛唐的繁荣景象:

忆昔开元全盛日,小邑犹藏万家室。稻米流脂粟米白,公私仓廪俱丰实。九州道路无豺虎,远行不劳吉日出。齐纨鲁缟车班班,男耕女桑不相失。

一个小小县城就有上万户人家,无论国家还是私人粮仓里,都堆满了丰收的粮食。人们随时可以出门远行,不用担忧路上会遇到强盗。那时没有飞机、火车,唐人可以骑马、坐船,读万卷书,行万里路,累了找个旅店休息几天,再继续远游。当时商业、手工业发达,男耕女桑,大家各安其业,社会一片祥和。

对外贸易与交流

当时亚洲几乎每个国家都派人来过大唐这片神奇的土地，还有从遥远的非洲、欧洲渡海而来的。大唐的丝绸、瓷器、茶叶、药材等远近闻名，在跨国商人的努力下，这些物品跨越大海，翻迄大山，走向世界。而那些来自国外的奇珍，比如日本布料、高丽人参、安南（今越南）象牙、印度香料等，也通过陆路和水路进入大唐。可以想象，大唐城市里宽阔大路上定是来往商人络绎不绝，马车、骡车、驴车、骆驼载满各式商品，让人眼花缭乱。

文化

生活在盛唐的人幸福感很高。在那个富足安定的时代，人们对未来充满希望，对新鲜的事物也满是好奇 积极学习外国的文化，并将其与自己的传统结合在一起，创造出灿烂而独具一格的大唐文化。唐代的诗歌、音乐、舞蹈、书法、绘画等，至今都是我们引以为傲的文化瑰宝。

名都长安

欢迎来到李白最爱的名城长安！公元八世纪时，它是世界上最大的城市，也是世界上第一个人口达到百万的国际大都市！当时其他国家的首都在它面前可谓小巫见大巫，长安比拜占庭帝国首都君士坦丁堡大七倍，比阿拉伯帝国首都巴格达城大两倍多，世界第一大都会的称号名副其实！

棋盘上的名都

站在长安城的最高处俯瞰这座城市，你会发现它就像一张巨大的棋盘！纵横交错的道路仿佛棋盘上的一条条线，棋盘上的每一个方格是城里居住的区域，每一格称一坊，每个坊都是一个独立社区。

在长安城里，皇帝、太子、后妃等生活在宫城，官员在皇城办公，它们占了全城面积的十分之一。外郭城留作居民从事商业、宗教、娱乐和其他公共活动，这是盛唐文化艺术繁荣发展的沃土。

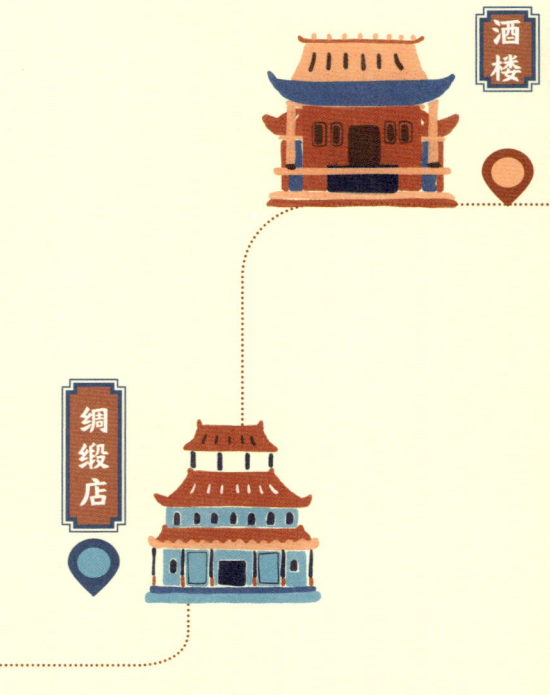

规模：当时世界上最大的城市　　　　商业：商铺林立，市场繁荣

大道尽处是皇城

外郭城共开十二座城门，南面正中是明德门。从明德门进入，迎面就是宽约一百三十米的朱雀大街，沿着朱雀大街一路向北走，尽头便是皇城和宫城。皇帝居住的宫殿在长安城的东北边，规模宏大的大明宫就像一座独立的城堡，是长安城中规模最大的宫殿，它的面积相当于4.5个故宫！大概在唐朝皇帝看来，他们居住和处理朝政的地方就该如此，不大不足以显雄威。由于文武百官要去大明宫上朝，因此他们大多住在长安城的东边，平民百姓一般住西边。

司空见惯的外国面孔

唐长安城中外国人最多时达数万，约占城中总人口的十分之一。西北边的开远门是外国商人进入长安城的必经之地，周围里坊里居住有不少来自中亚、南亚、东南亚及高丽、百济、新罗、日本等地的商人，其中以中亚与波斯、大食（阿拉伯帝国）的商人最多，他们将香料、珠宝卖给唐人，再从大唐买回药材、丝织品和瓷器等。借助商贸往来，唐人愈加了解世界 世界也更了解大唐。

长安的商品真是太丰富了！

人口：最多时达百万

 出行建议

 必去景点

· **车马出行：** 长安城里道路宽，几乎都是土路，主要的出行方式是乘车与骑马。车主要是牛车，此外还有马车、驴车等。文武百官、侠客、商人出行以骑马为首选，骑驴者多为隐士和文人。骆驼一般不作为长安城里的代步工具，平时少见，但会出现在皇家仪仗队中。你可以根据自己的需求选择出行方式。

· **曲江：** 长安城中有很多园林池沼。南郊的皇家园林曲江是来长安必去的游览胜地，它本是一个天然池沼，因为池水曲折而得名。由于周围有堤岸围护，污水不得流入，所以曲江水总是清澈的，吸引人们前来游赏。每年玄宗在此赐宴臣僚或新科进士，君臣一边观赏美景，一边品尝佳肴。

· **大雁塔：** 曲江不远处是闻名遐迩的大雁塔，高僧玄奘为保存从印度取回的佛经而建造，塔共五层。登上塔顶俯瞰，长安美景尽收眼底。唐代新科进士在曲江宴会以后，常登此塔题名，称"雁塔题名"。

·**最爱面食**：唐时没有大铁锅，没法炒菜，人们主要用煮、烤、炸、蒸烹调食物。正因如此，方便制作的美味面食是长安人的最爱。

·**特色胡饼**：闻名全国的吃食。它是一种烤出来的面点，吃起来香酥可口。在饼面上撒些芝麻，便成了芝麻饼。如果不撒芝麻，里面包进馅料，就成了馅饼。长安富豪圈里流行过一种带馅大胡饼，里面夹上羊肉、油酥和各种调料，好吃极了！

·**无肉不欢**：唐朝保护耕牛，所以牛肉吃得少，羊肉倒没少吃，烧烤、冷切、炖汤，总有一款适合你。

·**异域饮食**：长安有不少舶来的调味品，最有名的当数胡椒。长安人还学着吃奶酪、喝葡萄酒，西市开设有胡姬酒肆。或许是物质生活富足的缘故，唐人心宽体胖者比较多。

·**买东买西**：东市和西市是人们买买买的地方，"买东西"一词便是这么来的。以朱雀大街为界，长安城被划分为东、西两部分，对称分布。交易时间起初为半天，后来又有了夜市，热闹极了。东、西两市商铺多达几万家，除了售卖日常生活必需品外，东市主打奢侈品交易，西市主卖外国货，不妨都去逛逛吧！

·**特色纪念品**：唐朝人擅长制作金银器，贵族们用镶金玛瑙杯喝酒，金银碗吃饭，怕是李白享受这种待遇的机会也不多。这些旅游纪念品可要耗费你不少银两！

东都洛阳

> 游历了长安后，现在来到下一站——洛阳。站在洛阳城的最高处俯瞰，你一定会有种奇妙的熟悉感！洛阳城的布局同样方方正正，也有皇城、宫城、外郭城，只不过面积小点，非常像长安呢！

洛阳一览

洛阳城的布局同样清晰明了，一条叫洛水的河把城市分为南北两部分，河上的三座桥连接南北。南城主要是居住区和商业区，北城东部为居住区，地势较高的西北边则是皇城和宫城所在地。南北城都有能买买买的地方，称南北二市。

国家粮仓

你发现了吗？洛阳这个大棋盘上有很多弯弯曲曲的线，那是贯穿城市的河道水渠，它们向四周辐射，与全国各地的水路要道相连。各地的粮食物资通过水路先集中到洛阳，再转运到其他地方。武则天在位时，洛阳人口曾逼近百万。但凡一个城市够大、人口够多，就一定有储藏粮食的场所，城北边的含嘉仓就是当时的国家粮仓。它不是简单的仓库，而是一座储藏粮食的"地下城"，最多时装下了全国储粮的一半！

面积：约为长安的一半  商业：市场规模较小

洛阳城的"摩天大楼"

你知道吗？大唐第一高楼不在长安，而在洛阳。它的存在离不开一个人——武则天。她不顾大臣反对，坚持兴建明堂，创下史上体量最大的木结构建筑的纪录。建成时所有人都惊呆了，因为没人见过这样宏大的建筑！你见过好几个北京天坛叠加在一起的样子吗？它高近九十米，分上、中、下三层，下层是女皇颁布政令、举行朝会的地方。高高的屋顶上有一只展翅欲飞的金凤凰，明眼人都看得出来，这代表的就是武则天。

明堂的西北方有一座天堂，也是武则天命人修建的，里面供奉着巨大的佛像。为了顺利登上皇位，她对外宣称自己是弥勒佛转世，修建天堂和供奉大佛就是自证。登上天堂的第三层，在那里能俯瞰明堂全景，不过这可是个体力活。若参考明堂每层三十米的高度计算，有五层的天堂，高度应该在一百五十米左右！这两座明显带有女皇色彩的"摩天大楼"是洛阳辉煌壮丽的地标性建筑，象征着帝国的命运和皇权，在洛阳城的任何一个角落都能望见它们。

上阳宫

宫城西侧靠近洛水处，是人间仙境般的皇家后花园上阳宫。武则天晚年就在这里处理朝政，度过了最后的岁月。唐玄宗独宠杨玉环，宫中被贬的女子常被幽禁在上阳宫。上阳宫寂寥如同冷宫，宫里的女子在孤独的等待中熬白了头。白居易在那首《上阳白发人》里写了这段故事。

人口：鼎盛时几乎与长安持平

文物里的大唐

《虢国夫人游春图》 张萱
现存地：辽宁省博物馆

虢国夫人是唐玄宗宠妃杨玉环的三姐。画作展现了虢国夫人这个盛唐贵妇骑马出行的盛景。唐朝以胖为美，画中女性体形丰满，正符合盛唐审美时尚。这幅画由宋人临摹，并不是唐代原作。至于其中到底哪个才是真正的虢国夫人，至今尚无定论。

螺钿紫檀五弦琵琶
现存地：日本正仓院

半梨形音箱的琵琶起源于古代印度，传入中原后，成为唐朝流行的乐器。隋唐之际弹奏琵琶的方式与今人差别很大，他们横抱琵琶，借助拨子弹奏。唐太宗时才出现竖抱琵琶用手指弹奏的方式。这把由紫檀木制作的五弦琵琶装饰精美，是唐玄宗李隆基送给日本天皇的"国礼"。唐玄宗精通吹拉弹奏，还会编舞，唐朝的歌舞在玄宗时期达到巅峰。

鎏金舞马衔杯纹银壶
现存地：陕西历史博物馆

这件银壶模仿我国北方游牧民族使用的皮囊壶制作而成，它的"灵魂"在于壶身上的两匹舞马。这是两匹衔着酒杯、打扮得漂漂亮亮的祝寿马。据说，唐玄宗养了四百匹舞马，在他生日举办盛大宴会时，这些舞马披金戴银，伴随着音乐节拍翩翩起舞。领头的舞马还会在气氛达到高潮时屈膝衔杯向皇帝祝寿，实在是一大奇观。

《草书古诗四帖》 张旭
现存地：辽宁省博物馆

盛唐有三绝：李白诗歌、张旭草书和裴旻剑舞。张旭同好友李白一样，喜欢豪饮，在醉酒后奋笔疾书。他的书法自由奔放，变化无穷，体现出盛唐的豪情。

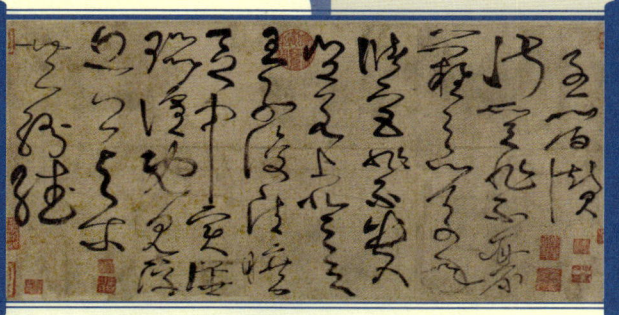

唐三彩载乐骆驼俑
现存地：陕西历史博物馆

骆驼载乐是集乐舞、杂技和马戏于一体的百戏节目。在训练有素的骆驼配合下，演员们在完全没有围挡的驼背平台上载歌载舞，展示着敏捷的身手和过人的胆识。这匹骆驼驮了八个乐舞俑，其中七个男乐俑盘腿环坐于平台四周，全神贯注地演奏着箜篌、笙、箫等不同的乐器，女乐俑则站着引吭高歌。他们自大漠而来，穿街走巷，边奏边唱，在一千三百多年前的唐代长安街头吸引了众多目光。

三彩骆驼及牵驼胡俑
现存地：河南博物院

唐朝盛行的陶俑以黄、绿、褐三色为主，主要用作随葬品。洛阳是最早发现及出土唐三彩的地方。中国古代陶俑塑造的人物大多是汉人，而唐三彩中出现了很多胡人形象，实属罕见。比如这件出土于洛阳唐墓的三彩骆驼及牵驼胡俑，牵驼者就是一个高鼻深目的胡人，他双手握拳像在牵骆驼，也不知道他是在驯服骆驼呢，还是要拉着它向远方前行。

玛瑙花瓣盏托

现存地：中国国家博物馆

这件茶具的材质是花色玛瑙，底部造型做成四瓣花形，中间为椭圆形，器物被打磨得光彩照人。东晋、南北朝时期，江南地区流行起十分讲究的饮茶法，来客敬茶成为上层社会的一种待客礼仪，茶具也逐渐从饮食器物中分离出来，出现了很多新的器形。尽显文人风雅的盏托在唐代很流行，大部分以瓷制作而成，也有使用金银材质的，用珍贵的玛瑙制作茶具是非常难得的。

诗的国度

今天提到唐诗,必然会说到李白,他简直是唐诗的代言人。可问题是,在李白之前,唐诗是什么样的呢?

唐朝近三百年的历史里,自始至终被诗歌充溢。唐朝初年的诗坛沿袭了南朝齐梁以来诗文的风格,十分"小清新"。拿当时最流行的模仿对象南齐诗人谢朓的诗举个例子吧,他描写夕阳西下时的景色是这样的:

余霞散成绮,澄江静如练。喧鸟覆春洲,杂英满芳甸。

晚霞在天际铺展开来,仿佛绚丽的锦缎;清澈的江水蜿蜒流淌,就像一条白色的丝绦。谢朓擅长描写自然景色,语言清新,风格清俊,后世的李白对他很是推崇。一时间,大家纷纷效仿他的风格。

"上官体"的出现,正是对这一诗风的延续。**上官体是唐高宗年间的宰相上官仪的诗风**。他总结了前朝诗人的一些写诗技巧,提出了**"六对""八对"**的写诗方法:上句写"天地",下句就要写"日月";上句是"春风",下句就对"秋池"。

不得不说,这些技巧使诗歌更加工整,但问题也随之而来。大家作诗时只注重对仗是不是整齐,却忽视了描写真实的生活和自己的情感,写来写去无非就是一些亭台楼阁、花园山水。

初唐四杰

有些诗人站出来扭转这种冷冰冰的套路,他们就是"**初唐四杰**"——王勃、杨炯、卢照邻、骆宾王。

"**白毛浮绿水,红掌拨清波**",是不是你最早背过的唐诗?相传它正是"初唐四杰"之一的骆宾王在七岁时写的。骆宾王才华横溢,一次却遭诬陷被捕入狱,遇赦获释。悲愤的骆宾王写了首长诗《畴昔篇》,讲述入狱前和在狱中的遭遇:

少年重英侠,弱岁贱衣冠,……且知无玉馔,谁肯逐金丸。

这种述说抱负、抒发理想的诗在当时是很少见的。

与骆宾王志同道合的还有王勃、杨炯、卢照邻三人。他们都反感上官体,力求**将诗歌的内容从狭窄的宫廷生活拓宽至广大的世界**,从山川大漠到市井生活,都能信手写入诗中。如王勃写自己为好友送别:"**海内存知己,天涯若比邻。**"(《送杜少府之任蜀州》)卢照邻写边关寒冷的冬天:"**塞门风稍急,长城水正寒。**"(《紫骝马》)

值得一提的是,虽然"四杰"不遗余力地转变初唐诗文风气,但生活在初唐的他们**很难完全摆脱齐梁诗风的影响**。王勃的千古名篇《滕王阁序》,通篇运用大量典故,文章华彩逼人,就深受南朝骈文的影响。

陈子昂

如果说王勃、骆宾王都是少年天才，那陈子昂小时候可算是个"问题少年"。陈子昂出生在富有的家庭，从小就喜欢舞刀弄剑，讲义气却很任性，十七八岁还没上过学。一次舞剑时意外伤了人，陈子昂十分愧疚，从此立志发奋读书，弃武从文，不出几年便在科举中考中进士。

做了官的陈子昂依然很有侠气，他在朝堂上正直敢言，因此得罪了不少人。这样耿直的陈子昂，在诗文方面也很看不惯初唐诗坛流行的齐梁风和上官体，他**反对柔靡之风，标举汉魏风骨**。陈子昂曾跟随军队征讨契丹，写下描写边关苍茫、萧瑟景象的诗句，例如《感遇（其三十四）》：

朔风吹海树，萧条边已秋。亭上谁家子，哀哀明月楼。

有时候，他也会在诗中抒发自己远大的理想和爱国热情，例如《感遇（其三十五）》：

登山见千里，怀古心悠哉。谁言未忘祸，磨灭成尘埃。

陈子昂主张**诗的内容要从现实生活中取材**，做官的人要关注社会、关注战争、关注百姓的生活，而不是整日沉浸在游山玩水中。唐诗自陈子昂始，才终于摆脱了齐梁诗与上官体的"小清新"，出现了刚健朴实的开阔气象。

边塞诗与山水田园诗

在"初唐四杰"、陈子昂等诗人的努力下，唐诗与唐朝社会一起迈入了盛世，**边塞诗、山水田园诗取代了上官体**，成为时代的主流。

所谓边塞诗，顾名思义，就是描写边塞风光与军旅生活的诗歌。这些诗歌有的惊叹于塞外的奇异风景，例如岑参的《白雪歌送武判官归京》：

北风卷地百草折，胡天八月即飞雪。
忽如一夜春风来，千树万树梨花开。

有的抒发将士们保家卫国的决心，例如王昌龄的《出塞》：

秦时明月汉时关，万里长征人未还。
但使龙城飞将在，不教胡马度阴山。

有的则描写将士凯旋庆功宴饮的场面，例如卢纶的《塞下曲》：

野幕敞琼筵，羌戎贺劳旋。醉和金甲舞，雷鼓动山川。

盛唐的边塞诗总是洋溢着乐观的态度，哪怕是描写将士们在战场上思念家乡，也有一种"虽然条件艰苦，但我们一定会得胜归来"的自信。"**宁为百夫长，胜作一书生**"，这种**建功立业的渴望与唐朝的强大是分不开的**。

与边塞诗因唐朝的强盛而兴起不同，耕种、渔猎、旅行，人们的日常生活与自然息息相关，自魏晋起，歌咏田园生活和美好风光的山水田园诗便一直是古诗中的重要分支。同样描写自然风景，边塞诗总离不开巍峨的高山和呼啸的风沙，读来有肃杀之气，而山水田园诗则少了几分波澜壮阔，多了几分平淡恬静。在描写旷野时，王昌龄会说"**平沙万里余，飞鸟宿何处**"[《从军行（其一）》]，孟浩然则看到"**野旷天低树，江清月近人**"（《宿建德江》），自然和人如此贴近。

孟浩然的好友王维同样是山水田园诗的代表人物，他还精通绘画，诗作被人誉为"**诗中有画，画中有诗**"。例如《积雨辋川庄作》一诗中，"**漠漠水田飞白鹭，阴阴夏木啭黄鹂**"，是不是一幅清新的山野图跃然纸上了呢？

第二章 关于李白的问与答

你从哪里来？

李白自称祖籍陇西成纪（今甘肃静宁西南），先祖曾经是戍边的武将，战功卓越，声名赫赫，可惜没有被提拔。李白的曾祖父在隋末搅入了政治风波，带着全家远逃至西域碎叶，李白可能就是在这里出生的。

五岁之前的李白，其生活已无法考证。有人说他生活在西域，理由是他曾在一首诗中写过"**鲁缟如玉霜，笔题月支书**"——身在山东的李白给远方的亲友写信用的不是汉字，而是月支地区通用的"月支文"。史书中也有李白翻译蕃书的记载。

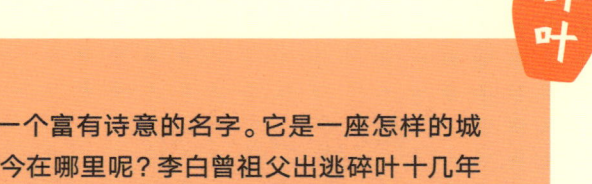

碎叶，一个富有诗意的名字。它是一座怎样的城市？如今在哪里呢？李白曾祖父出逃碎叶十几年以后，唐代高僧玄奘赴天竺时途经此城，他在自己的书中如此描绘：碎叶城池周长六七里，里面混居着各个民族的商旅。这里的土地盛产糜、麦、葡萄，但树木稀疏，常年寒冷，人们习惯穿着毛毡做的衣服保暖。显然，当时碎叶虽然隶唐管辖，却是一座与中原风貌迥异的边塞城。今天，碎叶城早已被历史湮灭，其位置在现在的吉尔吉斯斯坦境内。

李白五岁时，全家搬到**绵州昌隆青莲乡**，开启了他人生的另一段故事。李白在青莲乡生活了二十年，加上对青莲这种植物的喜爱，后来给自己取号"青莲居士"。**在李白的心里，四川才是他真正的故乡。**

唐朝时的绵州昌隆不过几千户人家，地处偏僻，民风淳朴，并没有什么博学大儒。李家虽然富庶，但社会地位不高，无缘进入县学。少年李白很可能是通过自学或是父辈教导来学习的。十八岁时，他隐居匡山，在郁郁葱葱的大匡山中听着鸟鸣读书。

李白一生酷爱读书，曾经勤学多年不下匡山。他五岁发蒙，开始读书，学习书写和算术，自称"**五岁诵六甲，十岁观百家**"（《上安州裴长史书》）。十五岁时，李白已经开始学习"先圣礼乐"，了解朝廷君臣之礼，能熟练地写赋了。李白日后作诗时各种典故、历史信手拈来，运用得出神入化，都离不开青少年时期苦读的岁月。

四川

李白读书的匡山曾被杜甫满心向往地写进诗中："匡山读书处，头白好归来。"在今天四川江油西部的匡山中，有一处太白祠，还有李白读书台。1995年，当地还重建了匡山亭和太白殿。

今天的青莲古镇位于四川省江油市西南方向，四周高山围抱，水系环绕，依然保持着原生态的自然风貌。

爱好知多少？

旅行

唐代，学子游历山水是一种社会风气，很多人学成之后都会收拾行囊，去往传说中的三山五岳、古镇名城。这当然是为了开阔眼界散散心，但最主要的目的还是扩大朋友圈，提升个人声誉，积累人脉。

读万卷书，行万里路，李白的海量知识储备一部分来自书本，还有一部分来自他游历大江南北的阅历。**这位资深旅行家几乎一生都在路上**。可能是因为少年时学剑术，有强烈的侠客情怀，李白的行迹路线很多时候并无规划，一时江南赏花，一时山中会友，一时又到海边吃鱼，呼朋唤友，随性之至，说走就走。

唐玄宗开元年间，物价低廉，百姓富足，治安良好，城市之间满布酒肆客栈，酒食丰盈。出门在外的旅人不用担心遇到盗匪，也不用露宿荒野。不过，那时可没有高铁、飞机，只能选择马、驴、船等速度慢也不舒适的交通工具。可见在唐代，**行万里路依然是件不容易的事**。像李白这样毕其一生忙于旅游的生活，一般人还真适应不了。

这样天南海北地旅行耗资不菲，盘缠何来呢？众所周知，李白长期没有固定职业，靠俸禄供给旅游似乎不大可能。研究者对此也百思不得其解，有人认为

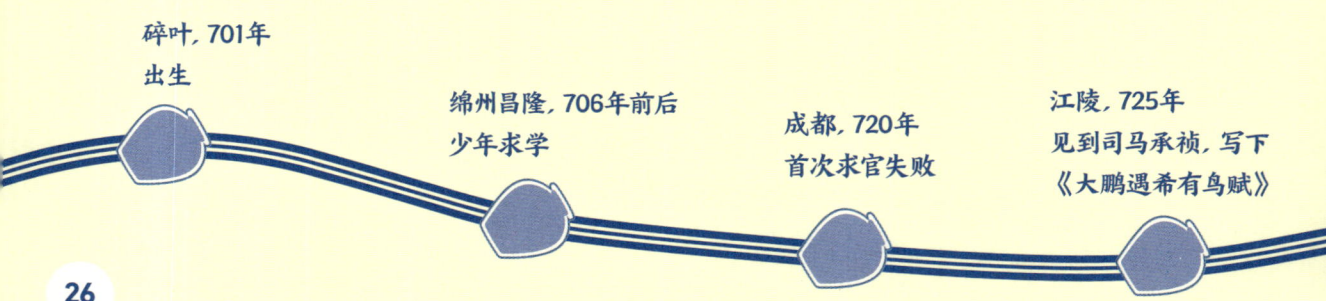

碎叶，701年
出生

绵州昌隆，706年前后
少年求学

成都，720年
首次求官失败

江陵，725年
见到司马承祯，写下
《大鹏遇希有鸟赋》

李白出身商贾之家，家里本来就很有钱，而且他本人大概也在经商；也有人认为李白以"职业诗人"的身份，可以从别处获取物质馈赠；还有人说，李白婚配门第不俗，岳丈家可以为他提供旅行经费。这些说法都无法拿出令各方信服的证据，一直以来李白的旅资来源都是一个**解不开的谜团**。

李白的旅行足迹标注在地图上足以让人眼花缭乱，诗作成为他兜兜转转的有力证明。很多地方他一去再去，不仅留下绽放光芒的作品，也留给世人一个狂放不羁、仙风道骨的天才背影。

他的漫游历程**大致分为两个时期**。

一个时期从他二十五岁离开四川到被唐玄宗召入长安。时值盛唐，万象更新，他背负入仕梦想仗剑远游，四处结交名士大儒、访道寻仙。旅程中，他看见了蜀中的人富粟多、江南的商旅云集、长安的柳絮飘飞，眼底尽是美好。

另一个时期从744年开始，李白在长安仕途受挫，被皇帝赏赐金钱后离开（称为"赐金放还"），从此优游山林，浪迹江湖。他去了东鲁，又在嵩山与元丹丘、岑勋（即李白诗《将进酒》中的丹丘生、岑夫子）登高宴饮，随后下扬州，转道岳阳，彻底放飞……直到人生终了时，他还在旅行途中。

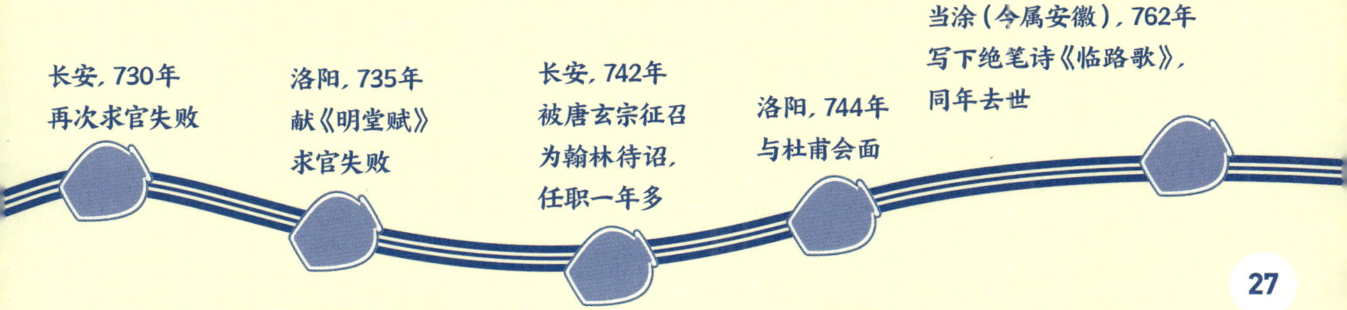

长安，730年
再次求官失败

洛阳，735年
献《明堂赋》
求官失败

长安，742年
被唐玄宗征召
为翰林待诏，
任职一年多

洛阳，744年
与杜甫会面

当涂（今属安徽），762年
写下绝笔诗《临路歌》，
同年去世

剑术

李白崇慕历史上的那些任侠剑客,也相信大山中住着神仙,梦想着将来自己也会像他们那样留名江湖。在四川的大山中,他因为兴趣学过剑术,修过道。"侠客"是李白诗中经常出现的精彩主题,他有一句经常被人误解的诗:"**托身白刃里,杀人红尘中。**"(《赠从兄襄阳少府皓》)实际上诗人并不是说自己做过杀人如麻的剑客,而是表达了对任侠生活的大胆设想。如果他真的深陷命案,肯定逃不过严苛的大唐律法。

寻仙

四川的峨眉山、青城山、紫云山都是道教著名的福地洞天。李白很早就接触过道教。在大匡山中时,读书读闷了,他跑到江油官署外面,在墙壁上涂鸦了一首诗,诗中尽是道教修仙色彩:"**五色神仙尉,焚香读道经。**"(《题江油尉厅》)成年后,四处漫游的李白还去过各大名山寻访仙人,向往和神仙一同过"**拨云寻古道,倚石听流泉**"(《寻雍尊师隐居》)的悠哉生活。

隐居

李白早年在县里当过半年小吏,但这显然不是他所追求的生活。博览群书、以司马相如自比的李白,对文韬武略、道家纵横、任侠隐居,无一不感兴趣。世界那么大,他都想去尝试一下。告别鸡零狗碎的小吏生活后,李白重回山中隐居,思考自己的人生道路。

隐居期间,李白也没闲着,他养了一群珍稀鸟儿,把它们训练到可以听懂召唤前来取食。他还跑到潼江奇人赵蕤那里学了《长短经》。这是一本涉及政治、外交、军事等各领域知识的谋略全书。赵蕤是擅长帝王之学的奇才,李白的杂家风范和豪侠性格,受赵蕤影响极大。

自由

中国千年文学史中,还有哪位诗人的作品比李白的诗作更能表达自由呢?他不仅**身体力行地实践天地任我行**,还不忘嘲讽那些只知道死读书不懂社会经济的儒生学究。李白曾写过一首诗,感叹固守儒学理论的读书人,死守典籍里的一章一节,却对现实一窍不通:"**鲁叟谈五经,白发死章句。问以经济策,茫如坠烟雾。**"(《嘲鲁儒》)李白跟不懂变通的学究显然不是一路人 这些不合时宜、跟不上时代的人,还不如早点回到自己的老家去耕田!

尽管李白一直自诩有治理天下的才能,但一生都没有机会实践,反倒是用一首首诗,让后人牢牢记住了他的名字。

诗人做过官吗？

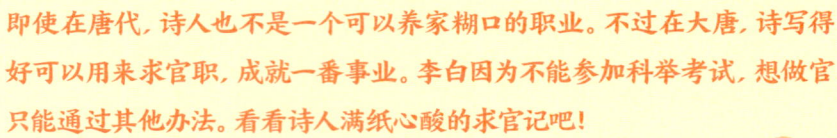

即使在唐代，诗人也不是一个可以养家糊口的职业。不过在大唐，诗写得好可以用来求官职，成就一番事业。李白因为不能参加科举考试，想做官只能通过其他办法。看看诗人满纸心酸的求官记吧！

730 年，初到长安

开始求官！李白满腹热忱。求官的一个办法是给位高权重者写自荐信，当时叫"**干谒**"。他在长安不认识什么人，想找人举荐也不知从何下手，只好四处投递干谒书，希望用自己天才的创作能力获得赏识。李白写干谒文章时，毫不掩饰地讲述自己的才华。

在作于 735 年的《与韩荆州书》中，他引用"**生不用封万户侯，但愿一识韩荆州**"表达了对韩朝宗的仰慕之情，将自己的经历、才能和不卑不亢的气节娓娓道来，还不忘说明自己十五岁练就一身好剑术，三十岁就写出一手好文章，心怀理想，意气风发。

731 年，没见起色

听闻名士张说喜欢提携推荐后辈，朋友多，讲义气，李白便去拜访，没承想碰了钉子。后来他又找到当朝玉真公主位于终南山的别馆，也没见到公主的面。就这样多次碰壁后，李白有些失望。一年后，他干脆出了长安，沿着黄河顺流而下，去梁宋游玩。

734 年，转战洛阳

734 年，李白来到 东都洛阳 盘桓了一段时日。当时皇帝就住在洛阳，李白经常在洛阳西边的天津桥（古人把洛水誉为"天河"，"天津"的意思是天河渡口）附近喝酒。天津桥北是皇城和宫城，桥南则是平民生活的里坊。一座桥连接天子与市井，一步跨过去便是功成名就。

洛阳的求官之旅，除了照常拜访递自荐信，李白还献过赋。著名的《明堂赋》就诞生在这里。在这篇赋中，李白赞颂明堂的宏伟壮丽，讴歌开元盛世的大国气象，还表达了自己的政治见解，极力展现自己开阔的眼界、非凡的才华。遗憾的是，求官还是空无回响。李白万分失意地 离开了洛阳。

742 年，高光时刻

终于收到来自大明宫的邀约！早已声名远播的李白，回到长安时的排场不小。唐玄宗特意从步辇上下来迎接，赐宴时亲自为大诗人调羹，告诉李白自己久仰他的大名。李白自然十分感动，乐呵呵地进入翰林院做了 待诏，负责为皇帝写诗助兴。743 年春天，宫里牡丹开得正盛，唐玄宗和宠妃杨玉环饶有兴致地赏花，著名宫廷乐师李龟年带着宫廷艺人在一旁高歌。众人觉得演出十分精彩，但皇帝还想来点儿新鲜的，便想起李白，宣他来现场作诗。" 云想衣裳花想容，春风拂槛露华浓 。"［《清平调（其一）》］这赞美杨贵妃美貌的诗句一出口，就博得满堂喝彩。此后的日子里，他成了众人口中那个在宫廷宴会上大出风头的天才诗人。然而这并不是李白想要的，失望和不安在他心中与日俱增。

31

744年，赐金放还

在长安这段时间，李白不受重视，让他对官场没有了一丝留恋。杜甫有一首诗精准描绘了李白此时的状态："**李白一斗诗百篇，长安市上酒家眠。天子呼来不上船，自称臣是酒中仙。**"（《饮中八仙歌》）曾经十分赏识他的礼部侍郎贺知章也告老还乡了，李白写给他的送别诗中满是羡慕之情，还劝他不要再回来。这段做官生涯只持续了不满两年，李白便拿着唐玄宗赐的一笔钱，一路向东**继续游历去了**。天才诗人终究与复杂的朝堂无缘。

755年，安史之乱爆发

唐玄宗时期，叛将安禄山与史思明起兵造反，史称"安史之乱"。这场内乱不仅给社会民生造成了致命打击，也改变了很多人的命运，其中就包括诗人李白。安史之乱爆发后，皇帝带着亲信仓皇出逃到四川，同时派太子李亨去北边与叛军周旋，让另一个儿子永王李璘镇守江陵，保卫和经营长江流域。为了招兵买马扩大势力，才能平庸的永王派人**找到正在庐山避难的李白**，三番五次请他出山。

757年，被擒下狱

李白加入永王幕府，受到隆重欢迎，他极尽溢美之词写下《永王东巡歌》十一首，赞颂永王奉旨东巡的"功绩"，这也成了李白日后被定罪的铁证。此时，太子李亨在群臣拥立下即位于灵武，为唐肃宗。他宣布誓死平叛，进军长安，天下归心。反观永王，他既不配合平叛，也不听新皇帝的诏令，还想趁机割据江南，很快被新皇帝定为叛军。

李白建功立业的美梦才开了头，就被肃宗派来的讨逆军队给击碎了，而讨逆军的统帅竟是李白多年的好友高适。在兵败逃跑路上，永王被讨逆军杀死，而执拗的李白还不清醒，上书为永王鸣不平，最终在今江西九江**被抓下狱**。

758 年，流放夜郎

李白投奔永王，实际上没有参与反叛谋划。幸好旧时的一位官员朋友救出了李白，招他为参谋，并引荐给唐肃宗。只是肃宗记恨他效力过叛军，不想给他机会，最终将他**流放夜郎**。流刑是仅次于死刑的重刑，而这一年，李白已经五十八岁了。因为诗名在外，在去夜郎的路上，李白走到哪儿都能受到仰慕者的热情招待。他一路广交朋友，一路赋诗酬谢，看起来很是热闹，但他内心消沉极了。

758 年，唐肃宗改年号为乾元，迎接太上皇唐玄宗回都城，同时册立自己的儿子为太子。这两件都是举国欢庆的大喜事，按规矩大赦天下，可惜李白作为参与谋逆的重犯**不在赦免之列**，与自由遗憾地擦肩而过。

759 年，柳暗花明

关中遭遇大旱，朝廷宣布大赦，流刑及以下完全赦免，即将抵达夜郎的李白也在**赦免之列**。得到这个消息他开心极了，转头就沿水路往家的方向走，长江两岸的风景也变得赏心悦目，他提笔写下了那首著名的**《早发白帝城》**。

你一定读过这首借景抒情的佳作，现在知道了作者的坎坷经历，再读这首诗时是不是也有了不一样的感受呢？

33

人生终点站

被大赦那年，李白已经五十九岁了，由于他参加过"叛乱"，再没有人敢替他说话、提拔引荐他了。从三峡返回后，李白在今天的湖南一带游历，去洞庭湖畔的岳阳、永州等地，与多年不见的老朋友叙叙旧、写写诗。横遭大祸加上年岁渐老，天生乐观开朗的李白也多了几分惆怅。大诗人纵然壮心不已，却只能**在江南一带漂泊寄居**。761 年，六十一岁的李白继续向东行走，投奔在当涂任县令的远房亲戚李阳冰。他可能没想到，这里竟是自己的**人生终点站**。在当涂的第二年，李白就去世了。

关于李白之死，有人说他是醉酒失足掉进了水里，有人说他因病去世，但更多人愿意相信第三种浪漫的说法，他们出于美好的愿望，纷纷传说李白在当涂采石矶下水捉月时仙逝。北宋时，人们在采石矶修建了一座李白祠，后改建为太白楼。**真相到底如何，其实并不重要了。**

李白写满骄傲与自信的一生在众说纷纭中戛然而止，但他的诗文如同一股狂飙，一阵雷霆，带着惊天动地的声威，以一种震慑人心的力量征服了同时代以及后世的人们，留下久久余音。在李白的诗中，人们能感受到他天马行空的想象力，听到他坦荡真实的心声，震撼于他雄奇豪放的文笔，进而感受到他生活的时代，感受到一个鲜活生动的大唐盛世。人们往往将李白的诗视为最能代表盛唐的佳作而千载传诵，并将李白称为**我国最伟大的浪漫主义诗人之一**。

《临路歌》

大鹏飞兮振八裔,中天摧兮力不济。

余风激兮万世,游扶桑兮挂石袂。

后人得之传此,仲尼亡兮谁为出涕？

这首诗是诗人李白的绝笔诗,也可以看作他为自己写的墓志铭。诗中李白依然把自己比作大鹏鸟,虽然曾展开翅膀奋力腾飞,无奈遭遇重创,终其一生壮志难酬。仲尼指孔子,传说鲁国捕获过一只麒麟,孔子听说后惋惜不已。这里用了"孔子泣麟"的典故。意思是说,现在孔子也死了,我李白死后,谁会像他当年痛哭麒麟那样为我惋惜呢？

挚友李阳冰

李阳冰是伴随李白人生最后阶段的一位友人,也是他的一位亲人。李白来投奔他时,已经到了贫困潦倒、难以维持生计的地步,这位族叔爽快地为他提供了栖身养老的地方。李白曾把自己的诗文交给他,请他代为编纂成册。后来,李阳冰将这些诗文编成《草堂集》,自己写了《序》。在这篇序文里,他把李白的家世出身、生平大事、思想性格和交游情况做了说明,成为后人研究李白的重要资料来源。

第三章 李白的诗世界

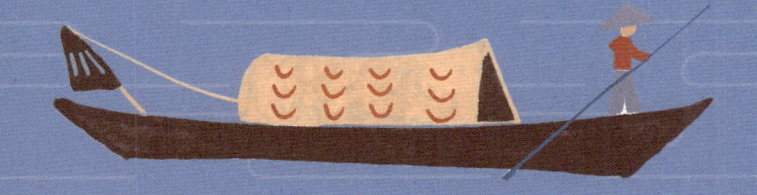

第一节

你读懂了吗?

李白用天赋与热爱,为我们留下了一座丰富的诗歌宝藏,世间万物似乎都可以成为诗人吟咏的对象。推开这座宝藏的大门,我们能看到很多符号化和意象的表达。

举杯邀明月

提到李白的诗,你最先想到的是什么?是诗中的浮云、行舟,还是蜀道?若论其中最有代表性的,当然是**美酒与明月**了。在很多人的心中,大诗人的身影就定格在"**举杯邀明月**"的诗句里。

除"诗仙"之外,李白还有一个世人皆知的名号,那便是"酒仙"。说他无酒不欢,无酒不成诗,一点儿也不夸张。李白到底有多爱酒呢?诗人在《月下独酌(其二)》中是这么说的:

天若不爱酒,酒星不在天。
地若不爱酒,地应无酒泉。

天地都这么爱酒,又何况我李白!所以,诗人得意时要饮酒,失意时也要饮酒;既享受独饮的快乐,也愿意和朋友把酒言欢,真是走到哪儿喝到哪儿,有什么酒就喝什么酒。最妙的是,李白酒后常常灵感闪现,文思泉涌。杜甫的**《饮中八仙歌》**中写了八位爱酒之人,其中就有李白。

> 李白一斗诗百篇,长安市上酒家眠。
> 天子呼来不上船,自称臣是酒中仙。

李白的酒后代表佳作，当数《将进酒》。想当年，唐玄宗给了李白一笔钱，便让他离开了长安。这让与理想渐行渐远的诗人心情低落极了。明明心里不痛快，他还是借着酒兴，一扫消沉，畅快淋漓地释放心情。"人生得意须尽欢，莫使金樽空对月。天生我材必有用，千金散尽还复来。"作为一名合格的"酒仙"，为了换酒喝，"五花马""千金裘"都可以舍弃，最终一句"与尔同销万古愁"将诗人的万丈豪情展露无遗。

唐代的酒**用酒曲和粮食发酵而成**，酿酒的粮食大部分被糖化了，酒的口味主要是甜，而不是辣，酒精度最高的酒也不会超过二十五度。元代传入蒸馏法之后，才出现了四五十度的烈酒。李白在诗中自曝"**会须一饮三百杯**"，其实也可能是**酒不醉人人自醉**。

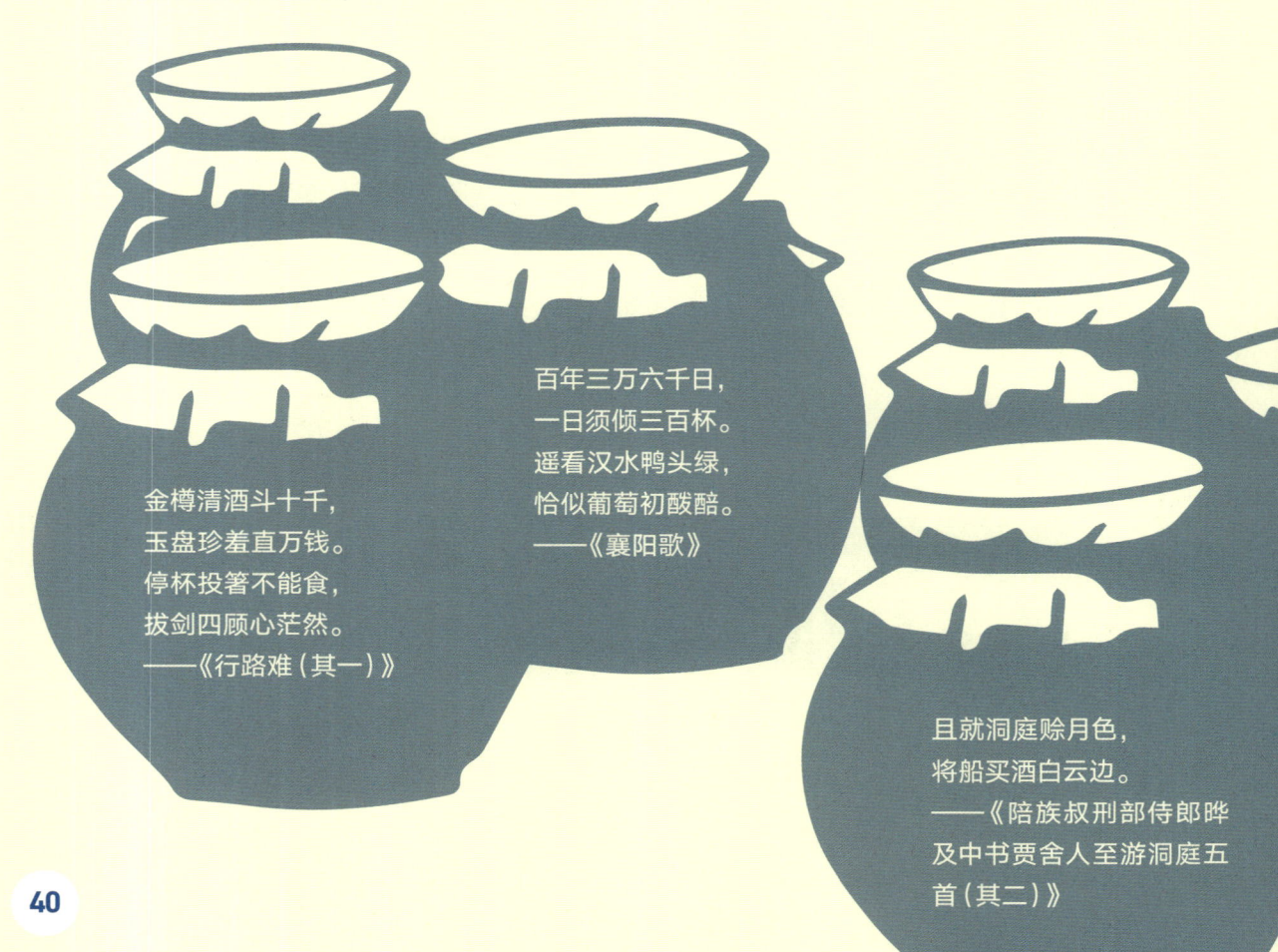

金樽清酒斗十千，
玉盘珍羞直万钱。
停杯投箸不能食，
拔剑四顾心茫然。
——《行路难（其一）》

百年三万六千日，
一日须倾三百杯。
遥看汉水鸭头绿，
恰似葡萄初酦醅。
——《襄阳歌》

且就洞庭赊月色，
将船买酒白云边。
——《陪族叔刑部侍郎晔及中书贾舍人至游洞庭五首（其二）》

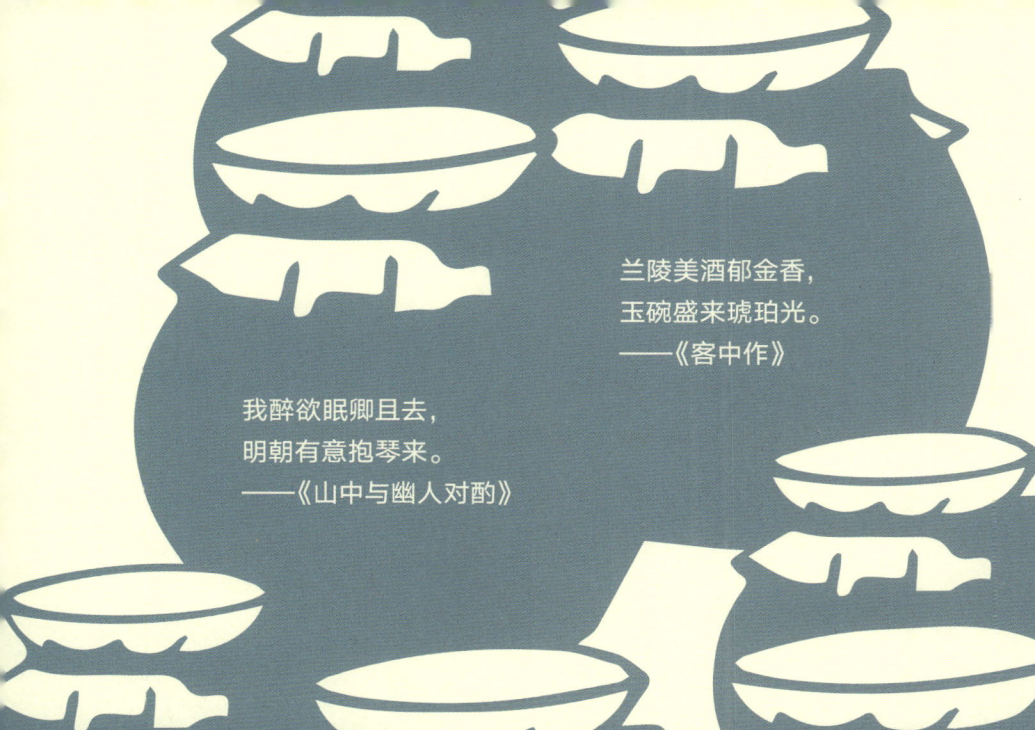

兰陵美酒郁金香，
玉碗盛来琥珀光。
——《客中作》

我醉欲眠卿且去，
明朝有意抱琴来。
——《山中与幽人对酌》

在李白与酒有关的200多首诗中，都有哪些字眼是诗人爱用的呢？
酒——125次　　醉——121次
酌——22次　　酣——18次
杯——18次　　樽——14次
此外，醋、渌、醒、醇、酿、酪、酊、玉浆、玉液、玉觞、玉壶、玉碗、金瓶等与酒有关的字词也常常出现。

《将进酒》《月下独酌》《把酒问月》《山人劝酒》《金陵酒肆留别》等，都是李白这一主题中的名篇。

在李白流传下来的近一千首诗中，与"酒"有关的就有二百多首！酒是诗人亲密的伴侣，是他**抒发胸臆的催化剂**。借诗人酒后微醺的目光，我们似乎可以看到大唐盛世下的喜怒哀愁，也可以通过他的酒后吟咏，体会到这位浪漫主义大诗人无拘无束的情感迸发。
"**唯愿当歌对酒时，月光长照金樽里。**"（《把酒问月》）接下来，诗人饮酒作诗时的最佳搭档明月，就要出场了。

41

纵观李白诗作,"明月"在许多重要场景中都曾出现,化作诗人创作最重要的一分子,不可或缺。在李白传世的近一千首诗中,涉及月亮的有四百多首。诗人用它或是挥洒失意愁绪,"我寄愁心与明月,随君直到夜郎西"(《闻王昌龄左迁龙标遥有此寄》);或是象征对高洁品质的无限追求,"长留一片月,挂在东溪松"(《送杨山人归嵩山》);或是传递出重要的哲理思考,"今人不见古时月,今月曾经照古人"(《把酒问月》)。总而言之,明月与诗人之间互相成就,高悬在璀璨的文学星空中。

子夜吴歌·秋歌

长安一片月,万户捣衣声。
秋风吹不尽,总是玉关情。
何日平胡虏,良人罢远征。

秋日的长安笼罩在一片皎洁月光之下,本应该是进入梦乡的时候,家家户户却传来此起彼伏的捣衣声。这是女人们在为征战在外的丈夫赶制征衣。捣衣是将布帛用杵捣平捣软,方便制衣。"一片月"既是写景,也是思念亲人的隐喻。

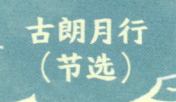

古朗月行(节选)

小时不识月,呼作白玉盘。
又疑瑶台镜,飞在青云端。

月有阴晴圆缺,暗示时光流转,常常引发人们情感上的共鸣。从古到今,有谁不曾对着月亮感叹思考呢?李白当然也不例外。面对明月,人们仰望星空,可能只会说:"好大的月亮啊!"而大诗人会怎么说呢?

静夜思

床前明月光，疑是地上霜。
举头望明月，低头思故乡。

明月最容易勾起人们思乡的心绪。李白广为传诵的诗作之一《静夜思》，就是以"月"为主题，将月亮与思念勾连起来。杜甫诗中的"**月是故乡明**"（《月夜忆舍弟》），与此诗的思乡之情有着异曲同工之妙。

其他与酒、月有关的诗句

俱怀逸兴壮思飞，
欲上青天揽明月。
抽刀断水水更流，
举杯销愁愁更愁。
——《宣州谢朓楼饯别校书叔云》

花间一壶酒，独酌无相亲。
举杯邀明月，对影成三人。
——《月下独酌（其一）》

青天有月来几时？
我今停杯一问之。
——《把酒问月》

峨眉山月半轮秋，
影入平羌江水流。
——《峨眉山月歌》

神奇动物在哪里？

在大诗人的生活中，没有白喝的酒，也没有白赏的月，李白用他的超凡想象力为世间万物赋予别样内涵。我们借来诗人的眼光看世界，再寻常的东西也大不一样了！除了美酒与明月，能在诗人笔下获得一席之地的动物，也是那么不同凡响。让我们一同翻开这异彩纷呈的诗画长卷，去看看神奇动物都在哪里吧！

龙

神话传说中的龙，很受诗人偏爱。龙是传说中的万兽之首，其中有鳞的称作蛟龙，有翼的称作应龙，有角的称作螭龙。在古代，龙作为帝王的象征，有至高无上的地位。因此不难推断，李白写"龙"，自然**和他超强的事业心有关**。李白中年离开长安后写有《梁甫吟》，其中有句："**我欲攀龙见明主，雷公砰訇震天鼓。**"在诗人的想象中，他本打算借龙力上天，却被无情的雷公吓得不轻，诗人多灾多难的仕途之路不就是这样的吗？当然，在诗人另一终极理想寻仙之路上，龙也是不可或缺的角色。《西岳云台歌送丹丘子》一诗中有"**玉浆倘惠故人饮，骑二茅龙上天飞**"，显然就潇洒多了。

大鹏

大鹏，是中国神话里最大的一种鸟，最早的文字记载出自庄子的《逍遥游》："**北冥有鱼，其名为鲲。鲲之大，不知其几千里也；化而为鸟，其名为鹏。鹏之背，不知其几千里也；怒而飞，其翼若垂天之云。**"在庄子的描述中，这是**从一种叫鲲的鱼类变化而来的巨型鸟**，它的背不知道有几千里宽，翅膀鼓动起来就像悬挂在天空的云。

庄子对"鲲"的描述只有短短几句，但真的很吸引人！这种巨鸟乘风扶摇直上九万里，天高任驰骋，成为人们志向高远的一种象征。无数追随这神秘大鹏的粉丝里，就有我们的大诗人李白。李白写过很多鸟，但**最钟情的还是傲视天地的大鹏**，因为它最契合诗人的精神世界。

青年时作《上李邕》："**大鹏一日同风起，扶摇直上九万里。**"诗人满怀自信，希望能以大鹏展翅上九天的势头一展才华。

中年时作《大鹏赋》："**激三千以崛起，向九万而迅征。**"将腾空而起的大鹏比作自己，立志追求自由理想。

到了六十二岁，历经沧桑的李白写下《临路歌》，自叹"**大鹏飞兮振八裔，中天摧兮力不济**"，表明心志，此生不悔。

从崭露头角到最终辞世，对大鹏的赞美贯穿李白生命的始终。天高任鸟飞，而大鹏身为众鸟之首驰骋天地，正是诗人一生的追求。

鹿

李白诗歌中多次提到鹿,究其原因,大概是**自古以来鹿多和仙人、仙境联系在一起**。李白写鹿,也多是寄托了他寻仙问道、退世避隐的心境。传说中,神仙或隐士多骑白鹿,更让它成为诗人"游仙诗"的重要组成部分。诗人或是骑着白鹿访名山,或是要借白鹿追随仙人,令人心向往之。《梦游天姥吟留别》是其中的佳作,"**且放白鹿青崖间,须行即骑访名山**",如果不是诗人在最后猛然惊醒,那奇特的想象真要让人以为诗人飞升得道、美梦成真了。

李白还喜欢写哪些动物?

凤凰:宁知鸾凤意,远托椅桐前?——《赠饶阳张司户燧》
借问往昔时,凤凰为谁来?凤凰去已久,正当今日回。——《金陵凤凰台置酒》

子规(杜鹃):杨花落尽子规啼,闻道龙标过五溪。——《闻王昌龄左迁龙标遥有此寄》
蜀国曾闻子规鸟,宣城还见杜鹃花。——《宣城见杜鹃花》

马:五花马,千金裘,呼儿将出换美酒,与尔同销万古愁。——《将进酒》
银鞍照白马,飒沓如流星。——《侠客行》

鲸:诸侯拜马首,猛士骑鲸鳞。——《赠张相镐二首(其一)》
安得倚天剑,跨海斩长鲸。——《临江王节士歌》

猿

古人崇尚猿的传统源远流长，它们常被**看作君子和隐逸人士的象征**而大书特书。因它们叫声凄厉，又多生活在偏僻地方，所以常**作为悲愁的"代言人"**出现在古人的诗文里，比如杜甫著名的《登高》诗中便有："**风急天高猿啸哀，渚清沙白鸟飞回。**"

李白久居的巴山地区猿多，他对山间猿啼带来的凄凉悲寂之感应该深有体会吧！"**猿声催白发,长短尽成丝**"[《秋浦歌(其四)》]，读来好是心酸。当然，景物多是为情感服务的，不同心境下景物传递给人的感受也不尽相同。比如《早发白帝城》中的"**两岸猿声啼不住，轻舟已过万重山**"，其时李白得到赦免，乘舟而下，伴着轻快的心情，本应倍显凄凉的猿啼此时也成了愉快的伴奏，可谓是"**一切景语皆情语**"。

第二节
李白为很多人写过诗

李白虽然被人们视作"前无古人,后无来者"的天才诗人,但他也曾仰望前辈诗人的辉煌成就,大胆表达赞颂之情。

仰慕过的偶像

什么！李白也有偶像？是的，你没看错。李白虽然是千年来中国诗坛上"**前无古人，后无来者**"的天才诗人，但在他之前，诗歌已经积累了很长很长时间，它像座恢宏又迷人的宝殿，许多才华横溢的大诗人用他们的一篇篇诗作为它添砖加瓦。即便如李白般恃才傲物，有着"**仰天大笑出门去，我辈岂是蓬蒿人**"（《南陵别儿童入京》）的自信，面对前人的成就，也曾经钦慕不已，热情赞颂。

且从康乐寻山水：谢灵运

梦游天姥吟留别（节选）
我欲因之梦吴越，一夜飞度镜湖月。
湖月照我影，送我至剡溪。
谢公宿处今尚在，渌水荡漾清猿啼。
脚著谢公屐，身登青云梯。
半壁见海日，空中闻天鸡。

中国诗史上，曾有"大谢、小谢"并称，巧的是他们都曾获李白推许。"大谢"即谢灵运，南朝宋著名诗人，**山水诗派的开创者**。后来的谢朓、孟浩然、王维等许多山水诗人都受到他的影响。谢灵运不仅将对山水的热爱表达在笔下，更付诸行动，他酷爱爬山旅行，还**发明了可拆卸的木质登山鞋**，便是这首诗中所写的"谢公屐"。李白在诗作中不下百次提及谢灵运，并明确表示他的才华难以超越。

一生低首谢宣城：谢朓

秋登宣城谢朓北楼
江城如画里，山晚望晴空。
两水夹明镜，双桥落彩虹。
人烟寒橘柚，秋色老梧桐。
谁念北楼上，临风怀谢公。

诗中的"谢公"即"小谢"谢朓，以**山水诗闻名的南齐诗人**，他作诗特别注重声律，利用诗句构造意境，对唐诗影响很深。李白现存作品多次直接提到谢朓，其中最有名的当数《宣州谢朓楼饯别校书叔云》："**蓬莱文章建安骨，中间小谢又清发**。"谢朓楼是谢朓任宣州太守期间建的高斋，经后人重建后更名**谢朓楼**，是江南著名楼阁。

吾爱孟夫子：孟浩然

赠孟浩然

吾爱孟夫子，风流天下闻。
红颜弃轩冕，白首卧松云。
醉月频中圣，迷花不事君。
高山安可仰，徒此揖清芬。

孟浩然比李白大十二岁。孟浩然年轻时曾游历四方，他的诗也大多写**山水田园、隐逸旅行**等，那首《春晓》更是家喻户晓。725年，李白辞乡远游，到达襄阳，慕名拜见当时已经颇有名气的孟浩然，二人一见如故。李白为表达对孟浩然的敬慕之情，遂作《赠孟浩然》。后来他们在黄鹤楼分别，李白更是写下千古绝唱《黄鹤楼送孟浩然之广陵》。

政治偶像：鲁仲连

古风（其十）

齐有倜傥生，鲁连特高妙。
明月出海底，一朝开光曜。
却秦振英声，后世仰末照。
意轻千金赠，顾向平原笑。
吾亦澹荡人，拂衣可同调。

鲁仲连，战国时齐国人。鲁仲连游说技巧高超，曾有"**一封书信退雄兵**"的美谈。诗中"**却秦振英声**""**意轻千金赠，顾向平原笑**"讲的是鲁仲连义不帝秦、却秦救赵一事。事后，鲁仲连同样不愿接受平原君的犒赏，辞别而去。这种神乎其神的人生际遇十分吸引李白，再加上功成身退的结局，悠哉其中的人生态度，"**兼济天下，独善其身**"的做法，更让李白为之折服。

51

太阳和月亮的碰撞

李白和杜甫并称唐诗双子星，你是否好奇，"诗仙"和"诗圣"是否见过面？从他们彼此的赠诗来看，杜甫是李白的超级粉丝。杜诗全集中与李白有关的诗有二十多首，直言送给李白的有十五首，可李白写给杜甫的诗却很少。杜甫不停地写诗赠李白、怀李白、寄李白，这等连绵不绝的情感，正是源自744年的一次伟大相会。

第一站：洛阳初见

744年，四十四岁的李白拿着玄宗的赐金，一路往东到达洛阳，遇上当时三十三岁落第寓居在洛阳的杜甫。这次见面，到底是杜甫打听到了偶像在洛阳的行迹制造了一次偶遇，还是有人从中牵线介绍二人认识，今天已经无从考证了。我们可以知道的是，两人一见如故，结成好友，决定同游梁（今河南开封）、宋（今河南商丘）。后世闻一多评价这次会面，觉得除了孔子见老子，没有比这更重大、更神圣、更值得纪念的了，简直是"青天里太阳和月亮走碰了头"。

第二站：梁园同行

744年8月，二人的梁宋行如约开启，行至梁园，遇到了在此赋闲的杜甫的忘年交高适，于是二人同游变成了三人行。一路上，他们骑马游猎，登高怀古，吟诗唱和，纵情欢歌，李白写出了著名的《梁园吟》，杜甫留下了《遣怀》。到了冬天，李杜踏上了求仙寻药之路，抵达王屋山。李白在这里入道，后他们又继续前行，结交李邕。

第三站：鲁郡诀别

745 年，李白和杜甫又相约来到了鲁郡。在一同拜访一位叫范十的隐士后，杜甫留下了一首诗，说他们如手足般"**醉眠秋共被，携手日同行**"（《与李十二白同寻范十隐居》）。这年秋末，二人握手相别，杜甫结束了"快意八九年"的游历，前往长安。李白在分别之际写下了"**何时石门路，重有金樽开**""**飞蓬各自远，且尽手中杯**"（《鲁郡东石门送杜二甫》）的豪迈诗句。只是当时二人并不知道这将是永诀，此后直至李白去世的近二十年里，他们再没有相遇。

梁园

梁园是西汉梁孝王刘武所营建，又名"梁苑""兔园"。汉初，该园不仅有奇珍荟萃的盛景，更以群贤毕至而闻名，司马相如《子虚赋》《美人赋》等名篇都诞生于此。历经百年风雨，李白等人见到的梁园已经是断壁残垣，令人怀古思今。相传，李白与第四任妻子宗氏结缘，就是缘起梁园内他留下的题壁诗。

鲁郡东石门送杜二甫

醉别复几日，登临遍池台。
何时石门路，重有金樽开？
秋波落泗水，海色明徂徕。
飞蓬各自远，且尽手中杯。

因李诗而留名史册的人们

"李杜诗篇万口传",正因传唱不衰,所以会出现一系列连锁反应。比如汪伦,本来名不见经传,却因为"诗仙"李白赠诗而留名史册;比如杨贵妃,世人对她的赞美早已有之,但李白一出手,传神之笔再无人超越。李白与这些人之间又有着什么样的故事呢?

汪伦身份之谜

赠汪伦

李白乘舟将欲行,忽闻岸上踏歌声。
桃花潭水深千尺,不及汪伦送我情。

据考证,汪伦是歙州黟县人,曾经当过泾县县令,因留恋泾县桃花潭而迁居此地。他听说李白正住在离此不远的族叔李阳冰家,便写信邀请李白来家中做客。李白被信里所说的"**十里桃花**""**万家酒家**"深深吸引,不自觉地想一探究竟。汪伦盛情款待李白,酒过三巡,他才说了实话:那"十里桃花"是十里外的桃花潭,"万家酒家"也不过是一个姓万的老板开的酒馆。豪爽如李白并不在意这些,反而与汪伦相谈甚欢。汪伦留李白连住多日,每天以美酒款待,还特意备下名马八匹、绸缎十匹相赠。这天李白正要乘船离岸,忽然听见汪伦在岸上拍手踏歌给他送行,李白深受感动,这便有了这首千古传诵的《赠汪伦》。

杨贵妃到底有多美？

清平调（其一）
云想衣裳花想容，春风拂槛露华浓。
若非群玉山头见，会向瑶台月下逢。

一天，唐玄宗和杨贵妃在兴庆宫沉香亭观赏牡丹花时，召翰林待诏李白进宫写新乐章助兴。李白奉诏进宫后，在金花笺上作了三首诗，极力夸赞杨贵妃之美。

通常写美人，多会说皮肤白，身材好，五官秀美，服饰搭配得当。李白偏偏反其道而行之，整首诗不着一字写杨贵妃的外貌，而是通过对比衬托她的姿色，用旁人感受来凸显她的盛世美颜。她到底有多美呢？看到云会想起贵妃穿的衣裳，看到牡丹会想起贵妃的容貌，牡丹花经风吹拂、露水滋润更显艳丽。如此美人，如此名花，除了群玉山上、月下瑶台，哪里还能见到啊。此诗一出，此后任谁再写杨贵妃，都很难与之媲美。

为纪叟举杯"送行"

哭宣城善酿纪叟
纪叟黄泉里，还应酿老春。
夜台无李白，沽酒与何人？

李白的诗中有太多的浪漫、自由与奔放，不过这首写给一位擅长酿酒的纪姓老人的诗，却洗尽铅华，平实朴素，更打动人心。也许在曾经的某个时候，酷爱饮酒的李白喝到过他酿的美酒，二人因此结识。如今听到老人去世的消息，不禁悲从中来。刚开始，诗人还乐观地想，黄泉下老人还会继续酿造香醇的老春酒吧，但又一转念，生死殊途，没有了我李白，你酿了酒又能给谁喝呢？知音难觅，更感悲痛。除了酿酒，我们对纪叟再无过多了解，但诗人无法掩饰的遗憾和悲痛，表达了两人之间弥足珍贵的友谊。

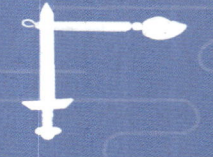

第三节
诗人眼中的大好河山，你想去看看吗？

天生爱自由的李白，一生酷爱造访名山、游历江河，也写下不少不朽诗篇。很多江河山川因为李白的描写而成为蜚声遐迩的名胜。

因李白出名的山

我本楚狂人，凤歌笑孔丘。

手持绿玉杖，朝别黄鹤楼。

五岳寻仙不辞远，一生好入名山游。

庐山秀出南斗旁，屏风九叠云锦张，影落明湖青黛光。

金阙前开二峰长，银河倒挂三石梁。

香炉瀑布遥相望，回崖沓嶂凌苍苍。

翠影红霞映朝日，鸟飞不到吴天长。

登高壮观天地间，大江茫茫去不还。

黄云万里动风色，白波九道流雪山。

——《庐山谣寄卢侍御虚舟》

李白堪称大唐户外达人、登山健将，他的足迹几乎遍布巴蜀、江南甚至黄河中下游一带。在条件有限的古代，登山可不是件容易的事。山路往往崎岖不平，未必有今天这样修好的石阶，没有冲锋衣，鞋也不防滑，登山可以说是件艰难的事。那么为什么李白这么爱登山？这或许能从他登山远游时写下的诗篇中找到答案。

峨眉山

峨眉山月半轮秋，
影入平羌江水流。
——《峨眉山月歌》

天门山

两岸青山相对出，
孤帆一片日边来。
——《望天门山》

四川的众多仙山中，峨眉山在李白心中最是独特。他第一次到访峨眉山，就被山中雾霭笼罩如仙境一般的景色迷住，写下"**青冥倚天开，彩错疑画出**"（《登峨眉山》）。又过了几年，他乘船离开蜀中，却见半轮秋月挂在峨眉山头，倒映在寂静的平羌江水之中，于是写下《峨眉山月歌》。每当李白回忆起这轮山月，就会想到故乡。

天门山位于今安徽省当涂县与和县之间，耸立于长江两岸，是西梁山与东梁山的合称，东西梁山夹江对峙，相对如门。"**天门中断楚江开，碧水东流至此回**"，长江仿佛一把神斧将天门山一劈为二，两岸山势陡峭，如刀削斧砍，长江由此忽然折转，奔腾北去。725年，年轻的李白乘船经过，为天门山的气势所震撼。实际上天门山海拔仅有八十几米，但因为峭立长江两岸，才带来如此强烈的视觉冲击。

太白山

西当太白有鸟道，
可以横绝峨眉巅。
——《蜀道难》

太白山是西北地区秦岭山脉的最高峰，自古以高寒奇险而闻名，无论冬夏，山上皆有积雪，所以得名太白。731年，李白离开长安后一路西游，途经此地，形容这里"**举手可近月，前行若无山**"（《登太白峰》）。之后，又在《蜀道难》中再次感慨太白山的高峻，说这里只有飞鸟可以飞过，直通蜀地的峨眉之巅。如今太白山景区的泼墨山就因李白当年抛笔飞砚留下泼墨痕而得名。

天姥山在今浙江新昌东，传说因登山的人能听到仙人天姥的歌声而得名。天宝初年，年逾四十的李白在长安受到权贵的排挤后离京，再次踏上漫游旅途。想象力丰富的李白就连做梦都在仙游，并将梦境记述下来，便是《梦游天姥吟留别》。

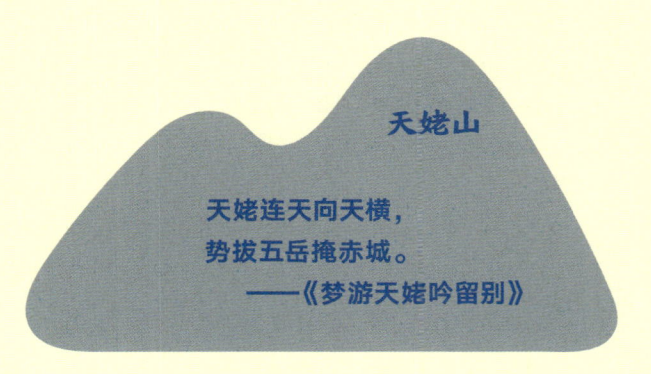

天姥山

天姥连天向天横，
势拔五岳掩赤城。
——《梦游天姥吟留别》

敬亭山

相看两不厌，
只有敬亭山。
——《独坐敬亭山》

敬亭山，位于今安徽宣城北部，属于黄山支脉。天宝年间，李白曾云游到宣城，住在敬亭山下。在这首五言绝句中，李白用简洁明了的语言勾勒出一幅诗人独坐山下赏景的静谧画面。后来，白居易、杜牧、李商隐、苏轼等诗人都慕名登临此山，留下数千诗、文、画等，敬亭山也以"江南诗山"而闻名于世。

庐山位于今江西省九江市境内，山中群峰林立，有峭壁、巉岩、飞瀑等自然景致。李白一生中曾三次到访庐山。第一次写下著名的《望庐山瀑布》。安史之乱爆发后，他为了避乱二上庐山。时隔四年，经历了国家动荡与流放，李白最后一次来到庐山，写下"**我本楚狂人，凤歌笑孔丘**"。他游历了那么多名山，见过那么多美景，到了这里不禁感慨"**好为庐山谣，兴因庐山发**"，写下这首咏叹庐山的绝唱《庐山谣寄卢侍御虚舟》。

庐山

庐山秀出南斗旁，
屏风九叠云锦张。
——《庐山谣寄卢侍御虚舟》

遍访大唐之水

《论语》云："智者乐水，仁者乐山。"作为一个旅行达人，李白不仅好入名山，更少不了到访大唐各地的江河湖景。在他现存的近千首诗中，几乎一半都与江河有关。李白诗中磅礴的气势与飘逸的想象，离不开江河之类意境描写的烘托。当然，也有很多江河因为李白的诗而成为蜚声遐迩的名胜。从名山的葱郁中走出，我们再跟着李白到大唐的江河湖景游历一番吧。

长江

> 山随平野尽，江入大荒流。
> ——《渡荆门送别》

青年李白乘船远行，到荆门时作别家乡。船出三峡，两岸的山逐渐消失，映入眼帘的是一望无际的原野，长江水奔腾向前，汇入更寥廓的远方。杜甫也曾写过类似诗句，"**星垂平野阔，月涌大江流**"（《旅夜书怀》），同样画面感十足。

黄河

> 君不见黄河之水天上来，奔流到海不复回。
> ——《将进酒》

写到黄河，李白的笔下好像带着一阵风雷，气势豪迈。黄河之水从天上来，势不可挡，又东流大海，一去不回。又如"**西岳峥嵘何壮哉！黄河如丝天际来**"（《西岳云台歌送丹丘子》），"**黄河西来决昆仑，咆哮万里触龙门**"（《公无渡河》）等诗句，李白精准地抓住了黄河巨浪翻腾、气势磅礴的特征和奔放自由的气质。

庐山瀑布

> 飞流直下三千尺，疑是银河落九天。
> ——《望庐山瀑布》

李白爱庐山，也爱写庐山，可被他写出名的却是庐山的瀑布。瀑布有种非同一般的飞动之势，即便是见过大世面的李白，面对飞瀑也一样惊叹不已，比如他在《蜀道难》里写道："**飞湍瀑流争喧豗，砯崖转石万壑雷。**"不同的是，初出江湖的李白将庐山瀑布写得仙气飘飘，既有银河自九天而落的奇观，又有"**日照香炉生紫烟**"的缥缈。后来人再写有关庐山瀑布的诗文，也难以与之匹敌。

秋浦

> 秋浦猿夜愁，黄山堪白头。
> 清溪非陇水，翻作断肠流。
> ——《秋浦歌（其二）》

秋浦河发源于安徽省祁门县，是长江下游的支流。李白曾多次来秋浦漫游，足迹遍布秋浦河两岸，留下诗作四十余首，其中最经典的是写于天宝年间的《秋浦歌》十七首。此时的李白郁郁不得志，美丽的秋浦也不能让他开心。夜闻黄山的猿鸣，更是倍感烦闷。这与他乘小舟出三峡时轻快的心境完全不同。《秋浦歌》组诗几乎首首哀愁不断，最出名的一首是："**白发三千丈，缘愁似个长。不知明镜里，何处得秋霜。**"

桃花潭

> 桃花潭水深千尺，
> 不及汪伦送我情。
> ——《赠汪伦》

755年，李白从秋浦来到泾县桃花潭（今安徽境内），即将乘船离开之时，忽然听到岸边传来踏歌之声，循声望去，是友人汪伦在为他送行。试想，当时郁郁寡欢的李白带着愁思离开时，能有好友用歌声送行，应该感动极了，于是送别佳句脱口而出，用词朴素，情感却更显真挚。这首诗不仅让汪伦千古留名，也让桃花潭成为二人千古友谊的见证。

问题来了：李白为什么总在坐船出行？

读李白的诗，无论是"**孤帆远影碧空尽，唯见长江天际流**"（《黄鹤楼送孟浩然之广陵》），还是"**若教月下乘舟去，何啻风流到剡溪**"[《东鲁门泛舟（其二）》]，他好像总是在扁舟上漂漂荡荡，看星星看月亮。为什么我们会有这样的感觉呢？这其实**与他的经历有很大关系**。

李白一生中，在四川中部、安徽宣城、江苏南京等处游历、居住的时间较长。这些地方丘陵纵横，河网密布，又散落着大大小小的湖泊。所以李白笔下的南方，总是有或山水相间，或空旷孤寂的感觉。而等他到了北方，诗里就换了番气象，有广阔的原野和巍峨的高山，交通工具也换成了车马，即便写北方的河流，也更偏重整体气势，如千军万马般雄浑浩荡。

问题来了：李白见过大海吗？

回答这个问题之前，我们先想一想，对唐代人来说，海是什么呢？他们眼中的海和我们眼中的海一样吗？

在上古人看来，海意味着抽象的方向、位置。到了唐朝，已经有人开始乘船出海，见识过海洋的安宁与凶险，因此在那时的一些地理著作中，都曾提到过真正的海，如东海、南海。只不过对于大多数唐人来说，海，尤其是诗中的海，**可能更接近《山海经》中神话意义上的海**。

那么，李白见过海吗？我们打开地图，沿着李白游历的足迹一路看去，会发现他常在长江中下游流连，还曾到杭州的钱塘江口观潮，写下了"**海神**

来过恶风回,浪打天门石壁开。浙江八月何如此,涛似连山喷雪来"[《横江词(其四)》]的诗句,距离大海只有一步之遥。或许李白也像我们一样,曾站在大海边极目远眺。

明月不归沉碧海,白云愁色满苍梧。 ——《哭晁卿衡》

753 年,日本遣唐使晁衡乘船回国,途中遇到沉船之险,当时人们都以为他溺死于海上。李白在长安时曾与他交好,听闻消息后悲痛不已,写下这首诗来悼念。诗中**"碧海""苍梧"都是传说中的事物**。

长风破浪会有时,直挂云帆济沧海。 ——《行路难(其一)》

《行路难》是乐府旧题,多用来感叹世事艰难,遇到挫折与困境。李白写下《行路难》三首,也是为了抒发自己有才能而无处施展的痛苦。诗中借"长风破浪""沧海"等意象,写诗人遇到逆境仍鼓励自己保持乐观的心态。

这些地名太有诗意了

李白在自然山水间流连，也在许多历史故地和名城驻足。从山水中走出，一起去逛逛这些充满诗意的地方吧！

渝州

夜发清溪向三峡，思君不见下渝州。
——《峨眉山月歌》

渝州曾经是唐代州名，因靠近渝水而得名，辖境相当于现在的重庆市的江津区等地。

白帝城

朝辞白帝彩云间，千里江陵一日还。
——《早发白帝城》

白帝城位于重庆市奉节县白帝镇，地处瞿塘峡口长江北岸。据说东汉初公孙述筑城时，城中有一口井常常冒白汽，形如传说中的白龙，述借此自号"白帝"，白帝城因此而得名。

夜郎

我寄愁心与明月，随君直到夜郎西。
——《闻王昌龄左迁龙标遥有此寄》

汉朝时，中国西南的少数民族曾在今贵州西部和北部、云南东北以及四川南部、广西北部部分地区建立夜郎国。到了唐朝，在今天贵州桐梓、湖南沅陵两地设置过夜郎县。李白诗中指的正是位于今湖南沅陵的夜郎县。

荆门

渡远荆门外，来从楚国游。
　　　　　　——《渡荆门送别》

荆门山位处今湖北省宜昌市宜都西北的长江南岸，与北岸的虎牙山隔江对峙，两山形成一道长江出三峡、入江汉平原的门阙，是历代兵家必争之地，也被誉为"楚之西塞"。

凤凰台

凤凰台上凤凰游，凤去台空江自流。
　　　　　　——《登金陵凤凰台》

凤凰台故址位于今江苏省南京市凤凰山。传说南朝时期这里有凤凰飞临，于是筑台，山和台都由此得名。

金陵

金陵子弟来相送，欲行不行各尽觞。
　　　　　　——《金陵酒肆留别》

金陵就是今天的南京。开元年间，李白游历到金陵城，即将离开赴扬州，临行朋友送别时作了这首《金陵酒肆留别》。诗中更出名的是接下来的这一句："**请君试问东流水，别意与之谁短长？**"

洛城

谁家玉笛暗飞声，散入春风满洛城。
　　　　　　——《春夜洛城闻笛》

洛城即今河南洛阳。唐玄宗时期，李白客居洛阳，听闻有人吹笛，他想起故乡，触景而发，写下这首伤感的《春夜洛城闻笛》。

五陵

五陵年少金市东，银鞍白马度春风。
　　　　　　——《少年行（其二）》

诗中的"五陵"，指的是汉代五位皇帝陵墓旁的陵邑，即长陵邑、安陵邑、阳陵邑、茂陵邑、平陵邑，都在长安附近。唐朝时，许多富人与权贵居住在五陵。

玉门关

长风几万里，吹度玉门关。
　　　　　　——《关山月》

玉门关故址在今甘肃敦煌西北，曾是古代通向西域的交通要道。我们常在唐人的边塞诗中读到玉门关，如王之涣的"**羌笛何须怨杨柳，春风不度玉门关**"[《凉州词（其一）》]，岑参的"**玉门关城迥且孤，黄沙万里白草枯**"（《玉门关盖将军歌》），等等。

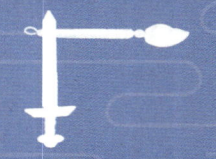

第四节
满分作文秘籍

作为盛唐诗人的代表,李白是一位全能高手,绝句、律诗、乐府诗、歌行体样样拿得出手。李白诗好,到底好在哪里呢?

为什么说李白写得好？

李白出生的时候，唐朝已经进入鼎盛时期。此时的国家兵强马壮，百姓安居乐业。这种民富国强带来的自豪感不自觉地影响着盛唐时代的诗人，与"初唐四杰"等诗人相比，他们的作品热情奔放，充满浪漫的想象，溢满轻松快乐的旋律。盛唐诗人的浪漫主义创作带有**强烈的主观色彩**，侧重抒写**豪迈气概和激昂情怀**，作为**浪漫主义代表诗人**，李白将这些特点发挥得淋漓尽致。

突破天际的大胆想象

李白写诗最大的特点，便是汪洋恣肆的想象，往往是发之无端 奇峰突起，有如神来之笔。比如他写瀑布高悬，是"**飞流直下三千尺，疑是银河落九天**"（《望庐山瀑布》）；写大雪纷飞的冬天，是"**燕山雪花大如席，片片吹落轩辕台**"（《北风行》）。瀑布再高，可能有三千尺高吗？当然不可能。冬天的雪花再大，也不可能像席一样大。但是，李白丰富的想象力赋予了它们可能性。

他的《古朗月行》是对月宫传说的神奇想象："**小时不识月，呼作白玉盘。又疑瑶台镜，飞在青云端。仙人垂两足，桂树何团团。白兔捣药成，问言与谁餐？**"广寒宫中，仙人倚着桂树垂下双足，一旁的玉兔忙碌地捣着长生不老的仙药。嫦娥与玉兔，是中国发自远古的与月亮有关的传说，但也是孤独与冷清的象征，李白在诗中展现了自己想象中的月宫画面。

极尽夸张之能事

杜甫曾夸赞李白"**笔落惊风雨，诗成泣鬼神**"（《寄李十二白二十韵》），这是形容他在诗中喜欢用一些夸张的表现手法来抒发情感，比如《将进酒》起笔便是"**君不见黄河之水天上来，奔流到海不复回。君不见高堂明镜悲白发，朝如青丝暮成雪**"，让人不免产生人生百年转瞬即逝的悲叹。高兴的时候，他也会肆无忌惮地夸下海口："**兴酣落笔摇五岳，诗成笑傲凌沧洲。**"（《江上吟》）他提笔写诗的时候，连高山也为之震动；诗成之后的仰天长啸，回荡在沧海之上。口气之大令人震惊。

大诗人有大气魄

李白骄傲又自视甚高，这种个性体现在他一生所作的诗作中。弱冠之年，李白便敢在写给刺史李邕的诗中以志存高远的大鹏鸟自比，丝毫不掩饰自己的远大抱负："**大鹏一日同风起，扶摇直上九万里。**"（《上李邕》）生活在唐代，普通家庭的孩子想要步入仕途简直难于登天，但李白的大气魄，让他的名字上达天听，连皇帝也想要见一见这个"奇人"。

他的自信简直跃然纸上："**仰天大笑出门去，我辈岂是蓬蒿人！**"（《南陵别儿童入京》）仕途不顺，李白因得罪权贵被皇帝赐金放还，但是没关系，即使一介布衣也不能向权贵低头，干脆去求仙问道好了，"**安能摧眉折腰事权贵，使我不得开心颜**"（《梦游天姥吟留别》）！直到人生尽头，他的《临路歌》也有气吞山河之势，"**大鹏飞兮振八裔**""**余风激兮万世**"，相信自己的诗作会影响万世。

李白将浪漫主义诗歌写到了极致，在盛唐这个充满开拓进取精神的时代，他的诗歌就是时代精神的代表。

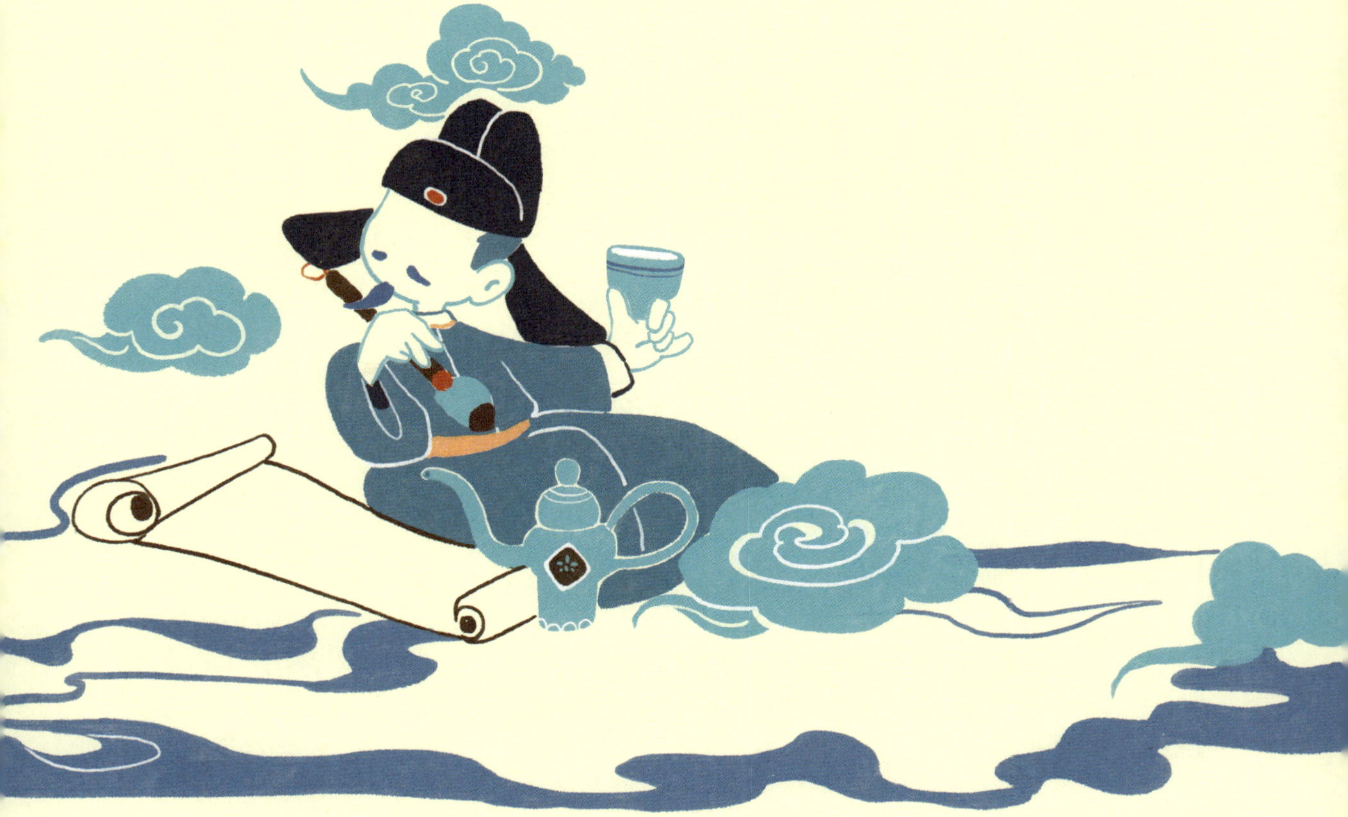

全能写手

在写诗这件事上，李白是一位全能高手，绝句、律诗、乐府诗、歌行体均有涉猎，其中七言绝句与歌行体被公认为是他最擅长的两种诗体。至于诗歌内容，有人统计过，李白一生所写的八十余首七言绝句中，记录旅途风光的最多，有二十二首；其次是抒发政治生活中的得意与失意，有二十一首；与朋友往来迎合的诗作十九首；还有十六首是当时流行的女性题材，描写女子的喜怒哀乐；其余题材只有六首。那么，这些诗具体好在哪里呢？

写旅行：变静态文字为动态风景

峨眉山月歌
峨眉山月半轮秋，影入平羌江水流。
夜发清溪向三峡，思君不见下渝州。

725年，二十五岁的李白告别家乡，背着行李沿江一路向东，开始了人生的第一趟远行，这首诗便是他出发不久路过峨眉山时所作。高峻的峨眉山头高悬着半轮明亮的秋月，流动的平羌江水上倒映着月亮的影子。诗人夜半离开清溪顺流而下，远离友人奔赴渝州。简单的**"入"**字和**"流"**字，让诗句顿时生动起来，我们已经能够想象在那个秋天的夜晚，江水奔流、月影摇晃的情景了。

这首诗一共只有**二十八个字**，其中峨眉山、平羌江、清溪、三峡、渝州五个地名连用，除去这几个地名，李白只用了十几个字，既写出了蜀地山月江水之美，还传达了对友人的依依惜别之情，功力之强令人佩服。

写友情：诗友挚情天下传

黄鹤楼送孟浩然之广陵
故人西辞黄鹤楼，烟花三月下扬州。
孤帆远影碧空尽，唯见长江天际流。

在唐朝，与朋友互相赠诗是一件很流行的事。李白性格豪迈，朋友遍天下。727年，寓居湖北安陆的李白结识了比自己年长十二岁的孟浩然。虽然当时年轻的李白还是个"小透明"，而孟浩然已经是享誉诗坛的大诗人，但两人一见如故，很快结下了真挚的友情。三年后，孟浩然要去扬州，临别时，李白写下了这首流传千古的诗篇。

当朋友乘坐的小船晃悠悠地消失在天际的时候，诗人才发觉一江春水正浩浩汤汤地奔向远方。虽然离别让人有些依依不舍，但想到朋友要去的正是烟雨朦胧、繁花似锦的扬州，诗人心中又充满了向往之情。这是一首**离别诗**，但读起来并不伤感，**整体洋溢着轻松的气氛**。而有了来自"诗仙"的肯定，从此春天成了去扬州的最好季节。

写送别：乐观而意气风发

宣州谢朓楼饯别校书叔云
弃我去者昨日之日不可留，
乱我心者今日之日多烦忧。
长风万里送秋雁，对此可以酣高楼。
蓬莱文章建安骨，中间小谢又清发。
俱怀逸兴壮思飞，欲上青天揽明月。
抽刀断水水更流，举杯销愁愁更愁。
人生在世不称意，明朝散发弄扁舟。

754年秋，五十四岁的李白从金陵返回，停留在宣州（今安徽宣城一带）。其间，散文家、校书郎李云路过这里，二人匆匆一见便要再次离别。李白约李云登上当地的谢朓楼，突然联想到自己怀才不遇的种种经历，心情烦躁，但这种不高兴也**仅仅存在于两句诗中**，同伴还没来得及安慰，李白**自己就想开了**：先把糟心事放一边吧，何不趁着这长风万里的好天气，在高楼上痛饮一番呢？两个人在高楼上开怀畅饮，酒过三巡，李白又成了那个敢上青天揽明月的诗仙。李白在这首诗的最后还不忘劝自己一句：人生哪能事事如意，愁绪会像抽刀断水一样不停歇，不如活在当下。

这就是李白，一个天生的乐天派。因为求官无门，屡屡被拒，他也曾愁得吃不下饭饮不下酒，那感觉就好像事事都在跟你作对，如同《行路难》中所说："**停杯投箸不能食，拔剑四顾心茫然。欲渡黄河冰塞川，将登太行雪满山。**"但即便怀才不遇，也从未怀疑自己；面对挫折，他总会自我鼓励。上一秒还垂头丧气的诗人，下一秒就开心起来："**长风破浪会有时，直挂云帆济沧海。**"

李白的乐观，让他永远意气风发，永远自信满满。

写政治：也有忧愁落寞时

南流夜郎寄内
夜郎天外怨离居，明月楼中音信疏。
北雁春归看欲尽，南来不得豫章书。

742年，已过不惑之年的李白终于得到了面见天子的机会。这次会面正是李白渴望已久的，他从少年时就立志要做一个像管仲和晏婴一样的名臣，辅佐君王开创盛世。只可惜，在诗坛大放异彩的李白**在政治上并不具备天赋**，没能得到唐玄宗的赏识。安史之乱中，李白投入永王麾下做幕僚，永王兵败后，他被流放夜郎。

这首诗正是李白在流放夜郎的途中写给自己妻子的。唐朝时的夜郎地处偏远。一般人写诗总是把夜晚、思念的话留在最后一句，李白在诗中却反其道而行之，**开篇便写自己在流放夜郎途中心中苦闷难当**。古人喜欢用"鸿雁"来比喻家人的书信，大雁都已经回来了，却没能带回妻子的书信。李白一生作诗很少提到妻子，这首诗中却一再强调渴望收到妻子的来信，年近花甲的诗人独自面对未知的未来，孤独又不安的情绪油然而生。

建安风骨

汉末建安时期三曹（曹操、曹丕、曹植）、建安七子（孔融、陈琳、王粲、徐幹、阮瑀、应场、刘桢）等人的诗文刚健遒劲，情调慷慨，这种风格被称为"建安风骨"。《宣州谢朓楼饯别校书叔云》诗中的"建安骨"，即指汉代文风刚健的"建安风骨"。

歌行体：放声而歌

说到李白擅长的诗体，就不能不提到歌行体。大家也许已经发现，李白的很多诗既不是绝句，也不是律诗，甚至句与句之间的字数都是不一样的，比如《将进酒》中的"岑夫子，丹丘生，将进酒，杯莫停。与君歌一曲，请君为我倾耳听"，或者是《梦游天姥吟留别》开篇的"海客谈瀛洲，烟涛微茫信难求"。这两首诗都是典型的歌行体古诗。歌行体起源于乐府诗，最早是宫廷中演奏音乐时所唱的歌词。到了唐代，逐渐发展为一种古诗体裁，它最大的特点就是不受音节格律的束缚，就像纵情歌唱一样。让我们来看看李白写过哪些有名的歌行体诗吧！

壮丽峥嵘的家乡山川

噫吁嚱，危乎高哉！蜀道之难，难于上青天！蚕丛及鱼凫，开国何茫然！尔来四万八千岁，不与秦塞通人烟。西当太白有鸟道，可以横绝峨眉巅。地崩山摧壮士死，然后天梯石栈相钩连。上有六龙回日之高标，下有冲波逆折之回川。黄鹤之飞尚不得过，猿猱欲度愁攀援。青泥何盘盘，百步九折萦岩峦。扪参历井仰胁息，以手抚膺坐长叹。

——《蜀道难》

传说中蚕丛和鱼凫两个人建立了最早的蜀国，谁也不知道那是多久以前的事，不过从那时起的四万八千年来，蜀地和中原都不通往返，西边太白山阻隔了入蜀之路，只有高飞的鸟儿才能飞过。后来有五名壮士被压死在这里，才有了与外界连接的道路。

开篇的第一句，诗人就直接感叹蜀地山路崎岖，想要通过比登天还难。蚕丛、鱼凫、五壮士开山都是当地的神话传说，为**诗歌点染了神秘的色彩**。

"**四万八千岁**""**横绝峨眉巅**",李白运用丰富的想象力,极力夸大蜀地山势高峻,千百年来很少有外人能够通过山路来到这里,这更加让人好奇蜀道的险峻程度。

蜀道有多险呢?历史上,刘邦"**明修栈道,暗度陈仓**"修的"栈道"便是蜀道中的一段。正是以巴蜀天险为后方,刘邦最终打败项羽建立了汉朝。诸葛亮在《隆中对》中为刘备提出的对策也是占据巴蜀险地,再与曹操、孙权争胜。

在诗人笔下,连高飞的大鸟都难以飞过险峻的蜀道,灵活的猿猴面对光秃秃的峭壁也无从攀缘。蜀地多雨,行人走在泥泞而又盘旋曲折的小路上,不得不多加小心。山高地险,抬手甚至能摸到星星,人们只能惊恐不已地抚胸长叹。寥寥数语,便将行人行走蜀道时艰难又惶悚的样子刻画得淋漓尽致。

一生追逐成仙梦

青冥浩荡不见底,日月照耀金银台。
霓为衣兮风为马,云之君兮纷纷而来下。
虎鼓瑟兮鸾回车,仙之人兮列如麻。
忽魂悸以魄动,恍惊起而长嗟。
惟觉时之枕席,失向来之烟霞。
世间行乐亦如此,古来万事东流水。
别君去兮何时还?
且放白鹿青崖间,须行即骑访名山。
安能摧眉折腰事权贵,使我不得开心颜!

——《梦游天姥吟留别》

李白被称为"谪仙人"，他信仰道教，一心修仙，写起诗来自然是仙气飘飘，灵动自然。尽管他喜爱吟咏大江大河、沧海高楼，但最受其青睐的还是**充满离奇传说的道教名山**。这些名山有的是诗人真实登临过的，也有的只存在于诗人的想象之中，比如他在梦中漫游的**天姥山**。天姥就是道教神话中的王母娘娘，传说她居住的天姥山位于东海仙地瀛洲。

744年，李白在朝中得罪了权贵，桀骜不驯的性格也常令唐玄宗不悦，被皇帝赐金放还。李白想要在朝中大展拳脚的愿望破灭了，此时距离他高唱着"**仰天大笑出门去，我辈岂是蓬蒿人**"走入官场还不到两年。伤心之余，他再度踏上旅程，这首诗便是他在旅行途中所作。

《梦游天姥吟留别》是一首典型的**游仙诗**，描绘了诗人到访天姥山，得遇仙人的梦境。李白用自己大胆的想象在诗中塑造了一个浪漫的仙境，蓝天清澈无际，日月照耀着金银做的宫殿，仙人们穿着彩虹做的衣服从天而降，列队欢迎自己。闪着金色光辉的宫殿与日光交相辉映，猛虎击鼓，鸾鸟驾车……李白喜欢这样气势恢宏的场景，这当然和他豪迈张扬的个性分不开。

忽然之间，美丽的仙境消失了，诗人这才发现刚刚不过是一场梦境，不由得怅然若失，发出了从古至今万事不过都是如此的感叹。思来想去，自己还是全身心地投入自然山水，探访名山大川去吧！岂能卑躬屈膝地去讨好权贵，让自己连高兴的笑容都露不出呢！

第四章
除了诗,李白还留下了什么?

见字如面：《上阳台帖》

当我们读到一个可爱又可敬的大诗人的作品时，总忍不住想，要是能亲睹他的风采就好了。即便看不到真人，见见画像，或一睹笔迹，抑或跟随他的脚步去他游览过的名胜也好，这样就仿佛穿越了时空，更懂得了他几分。李白存世的墨迹不多，相关碑帖的拓本明代人还能见到，但到现在俱无流传，原石也早已亡佚；另有后人所摹他的书法法帖，但也摹写不精，不足为论。现藏于故宫博物院的**李白唯一的手书真迹《上阳台帖》**，就显得尤为珍贵了。

《上阳台帖》加上落款共二十五字："**山高水长，物象千万，非有老笔，清壮可穷。十八日，上阳台书，太白。**"这二十五个字排成五行，大小错落，笔画开合飘逸，写得不拘法度，那种运笔由心的气势，和我们在诗中感受到的诗人的奔放豪迈是一致的。对李白的书法水平，古人怎么看？《上阳台帖》集合了宋徽宗赵佶，元代张晏、杜本、欧阳玄，以及清代乾隆皇帝等人的众多题跋。宋徽宗本人是一个造诣精深的艺术家，他在题跋中说李白"**字画飘逸，豪气雄健**"，才知道李白不仅是以诗歌闻名。

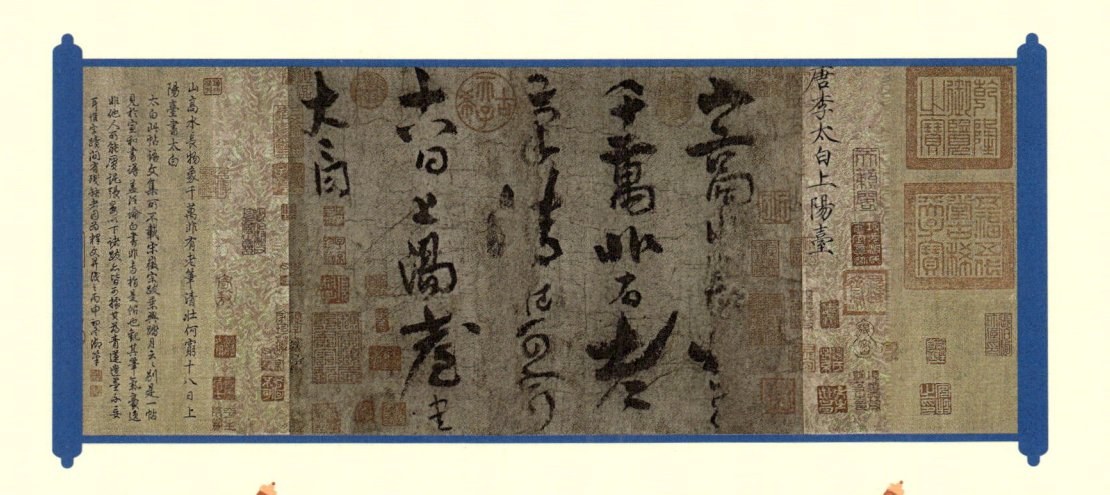

《上阳台帖》写于744年，这一年，李白与杜甫、高适同游王屋山阳台观。李白本想到此寻访唐代著名道士司马承祯，但到达阳台观后，方知道长已仙逝，无缘再见。司马承祯与推崇道教的李唐皇室关系密切，阳台观就是他奉玄宗命所建。李白与道教渊源深厚，他与司马承祯相识已久，如今斯人已逝，睹画思人，李白写下了这首四言诗，前两句"山高水长，物象千万"赞叹画中王屋山的气象，后两句"非有老笔，清壮可穷"则称颂司马承祯画技了得。

《上阳台帖》流传有序，在宋代宣和年间，曾被收归于内府，经过宋徽宗的品鉴。宋末流入权相贾似道手中，明代则曾藏于大收藏家项元汴处，后被收入清内府。1911年，溥仪兄弟将《上阳台帖》携出宫外，其又辗转到了古董商人郭葆昌手中。1937年，为了保住国宝不外流出境，被启功评价为"民间收藏第一人"的张伯驹出高价购得。1956年，张伯驹将《上阳台帖》献给了国家。1958年，此帖被转交故宫博物院珍藏至今。

追寻大诗人的足迹

若有机会遇到故宫展出《上阳台帖》，我们便可亲身去感受"诗仙"那流溢纸间的潇洒飘逸。除此之外，我们还有其他与大诗人共情的途径，那就是跟随他的足迹，造访李白成长、生活、"战斗"过的地方，拨开历史的烟云，去追想感怀大诗人昔日的青春与豪情。

李白故里
地点：四川省江油市青莲镇

青莲古镇被涪水和盘水环绕，东临天宝山，北依太华山，在宋之前，此地叫作清廉乡。李白五岁随家人迁至此地，在这里度过了他的整个青少年时期。后人为纪念他将其易名为青莲乡。如今青莲镇的李白故里，有陇西院、李白衣冠墓、太白祠、磨针溪、洗墨池等景点。磨针溪据说是著名的"铁杵磨针"传说的发生地，不过也有传说地点是在江油大匡山。陇西院则传为李白青少年时居住的地方，旁边是太白碑林，荟萃李白诗歌、书法精品、石雕艺术于一体。江油市区还有一处李白纪念馆，是为纪念诗仙而修建的仿唐园林式建筑群。

安陆李白纪念馆
地点：湖北省安陆市白兆山旅游风景区

李白在湖北安陆娶了高宗龙朔年间做过宰相的许圉师的孙女，生育了一双儿女。安陆在今湖北省孝感市，经常出现在楚辞与汉赋中的云梦泽曾存在于它的南边，令李白心向往之。"酒隐安陆"的十年中，李白以安陆为中心，西入长安，东游吴越，南泛洞庭，北抵太原，写下一百余首脍炙人口的作品。安陆自晚唐就在城西建有太白楼，以纪念诗人，明清时都有过修葺，但今惜已不存。1984年，安陆重建李白纪念馆，为三重檐庑殿式仿唐建筑，单体建筑规模在当时全国同类纪念性建筑中首屈一指。如今这座李白专题博物馆，收藏有一些比较珍贵的有关李白的碑刻与诗集版本。

李白墓园
地点：安徽省马鞍山市当涂县太白镇

流放途中幸获大赦的李白，最后选择到当涂投靠担任县令的族叔李阳冰，于次年（762年）在这里去世。李白初葬于龙山东南麓，因为他"一生低首谢宣城"，非常欣赏南齐诗人、宣城太守谢朓。史载谢朓酷爱当涂青山之风光，曾筑室山南，于是后人根据李白"宅近青山同谢朓"之愿，将他的墓迁至青山西南，即今太白镇谷家村。李白墓园内有青莲池与十咏亭，大诗人晚年在当涂写过十首诗，歌咏当涂山川风物。园内有一方刻于宋淳祐二年（1242年）的珍贵宋碑，额题"大唐翰林李公新墓碑"九字。太白祠后为李白墓，圆形墓顶芳草萋萋，墓碑上刻"唐名贤李太白之墓"，墓前常会看到人们带来的祭奠诗人的酒。

值得一提的是，离李白墓不远有著名古战场采石矶，还有李白的衣冠冢。有传说他在采石矶饮酒大醉，欲捉水中月，落水失踪。历代文人墨客多在采石矶的衣冠冢前留下凭吊诗文，寄寓对诗人的某种情思与遐想。

太白楼
地点：山东省济宁市太白中路古运河北岸

李白为何从楚地移家东鲁，时间和原因都尚有争议。不过山东有不少他的族人，李白被玄宗征召，就把儿女寄放在东鲁托人照料。他也曾流连于齐鲁的道教圣地徂徕山，与孔巢父、韩准等人酣歌纵饮，时号"竹溪六逸"。济宁这座太白楼据说是唐代贺兰氏经营的酒楼，李白当年经常在此宴饮，酒楼也借大诗人的美名而名声大振，生意兴隆。咸通二年（861年）更名为"太白酒楼"。明洪武二十四年（1391年），济宁左卫指挥使狄崇重建此楼，名为"太白楼"。后经历次修葺，新中国成立后于原址重建。在此地不妨遥想诗人当年乘着醉意，诗兴大发，写下了多少动人的诗篇。

李白成语词典

> 这些成语都出自我的诗文，或是与我有关。

扬眉吐气

释义： 形容摆脱了压抑的心情与困境，继而感到痛快舒畅。扬眉：舒展眉头；吐气：倾吐出闷在胸中的一口气。

出处： 《与韩荆州书》："今天下以君侯为文章之司命，人物之权衡，一经品题，便作佳士。而君侯何惜阶前盈尺之地，不使白扬眉吐气，激昂青云耶？"

百代过客

释义： 在久远的时光中的匆匆过客。常用来比喻转瞬而逝的光阴。百代：漫长的岁月；过客：过路的、短暂停留的旅客。

出处： 《春夜宴从弟桃李园序》："夫天地者，万物之逆旅也；光阴者，百代之过客也。"

大块文章

释义： 原本指大自然锦绣景色给人以丰富的写作素材，现在常用来指长篇大论、内容丰富的文章。大块：大地、大自然；文章：指美好景色，也指绚丽的文采。

出处： 《春夜宴从弟桃李园序》："况阳春召我以烟景，大块假我以文章。"

天伦之乐

释义： 常用来形容家中亲人团聚的欢乐。天伦：原指兄弟，后来延伸到父母子女、兄弟姐妹等亲属关系。

出处： 《春夜宴从弟桃李园序》："会桃李之芳园，序天伦之乐事。"

仙风道骨

释义：形容人气质不凡、超尘脱俗，也用来形容书法作品飘逸洒脱、不落俗套。仙风：仙人的风采；道骨：得道者的气质。

出处：《大鹏赋》："余昔于江陵，见天台司马子微，谓余有仙风道骨。"

直上青云

释义：向高空飞腾直上，常用来比喻人的官职、社会地位升迁得很快。青云：青天。

出处：《驾去温泉后赠杨山人》："一朝君王垂拂拭，剖心输丹雪胸臆。忽蒙白日回景光，直上青云生羽翼。"

白发千丈

释义：头发既白又长。形容人因为忧愁、烦恼而容颜衰老，头发又白又长。

出处：《秋浦歌（其十五）》："白发三千丈，缘愁似个长。"

摧眉折腰

释义：形容人低头弯腰、阿谀逢迎的样子。摧眉：低眉，低头；折腰：弯腰。

出处：《梦游天姥吟留别》："安能摧眉折腰事权贵，使我不得开心颜！"

铭刻心骨

释义：将某些事、情感铭刻在骨头上、心里。比喻对某件事、某种情感感受极深而牢记于心，永远都难以忘怀。铭、刻：指在器物上刻写。

出处：《上安州李长史书》："深荷王公之德，铭刻心骨。"

九天揽月

释义：到天空最高处摘月，后形容人有远大的志向。九天：天空的最高处；揽：采摘。

出处：《宣州谢朓楼饯别校书叔云》："俱怀逸兴壮思飞，欲上青天揽明月。"

抽刀断水

释义： 抽出刀来想把流水切断。常用来比喻无法割裂或斩断的愁思，也常用来表达面对事态的发展做出任何举动都无济于事。

出处： 《宣州谢朓楼饯别校书叔云》："抽刀断水水更流，举杯销愁愁更愁。"

别有天地

释义： 常用来形容风景优美，引人入胜，带给人非同寻常的感受。也用来形容艺术作品有新颖、独特的风格。别：另外；天地：非凡的、独特的境界。

出处： 《山中问答》："桃花流水窅然去，别有天地非人间。"

一夫当关，万夫莫开

释义： 一个人把守关隘，一万个人也难以攻破。常形容某处地势险要，易守难攻，后也常形容勇士独当一面的英雄气概。当：把守；关：指关隘，是古代修建于险要之地，并派兵把守的重要关口。

出处： 《蜀道难》："剑阁峥嵘而崔嵬，一夫当关，万夫莫开。"

钟鼓馔玉

释义： 奏响贵族常听的鼓乐，食用珍美的美食。常用来形容富贵奢华的生活。钟、鼓：皆为古代礼乐用的乐器；馔玉：像玉一样珍美的食品。

出处： 《将进酒》："钟鼓馔玉不足贵，但愿长醉不复醒。"

东风吹马耳

释义： 东风吹过马耳边。比喻将别人的话当作耳旁风，不放在心上。

出处： 《答王十二寒夜独酌有怀》："世人闻此皆掉头，有如东风射马耳。"

青梅竹马／两小无猜

释义： 男女小时候一起玩耍、没有猜忌的天真无邪的时光。后常用来指男女幼年时亲密无间的感情。青梅：青涩的梅子；竹马：古代男孩子玩耍时当马骑的竹竿。

出处： 《长干行》："郎骑竹马来，绕床弄青梅。同居长干里，两小无嫌猜。"

磨杵成针

释义： 将铁杵磨成一根针。比喻做事情有恒心、有毅力，肯下功夫不放弃，最终成功。杵：古人捣药、舂米或者洗衣服捶打时所用的铁棒。

出处： 南宋祝穆《方舆胜览·眉州·磨针溪》："世传李太白读书山中，未成，弃去。过是溪，逢老媪方磨铁杵。问之，曰：'欲作针。'太白感其意，还，卒业。"

梦笔生花

释义： 梦到笔尖生长出花来。形容一个人有杰出的写作才能，文思敏捷，才华横溢。

出处： 五代王仁裕《开元天宝遗事·梦笔头生花》："李太白少时，梦所用之笔头上生花，后天才赡逸，名闻天下。"

斗酒百篇

释义： 李白饮一斗酒，能写诗百篇。后常用来形容人性情豪放，才思敏捷。斗：古代盛酒的器皿。

出处： 杜甫《饮中八仙歌》："李白一斗诗百篇，长安市上酒家眠。"

落月屋梁

释义： 月光洒落，映照于屋梁之上，仿佛看到友人身影。后用来表达对友人的深切怀念之情。

出处： 杜甫《梦李白二首（其一）》："落月满屋梁，犹疑照颜色。"

清新俊逸

释义： 常用来形容李白的诗超凡脱俗。清新：清朗且有新意；俊逸：优美超群。

出处： 杜甫《春日忆李白》："清新庾开府，俊逸鲍参军。"

图书在版编目（CIP）数据

李白：银鞍白马少年游 /《国家人文历史》著；崔若玮绘. -- 北京：中信出版社，2024.8
（你好！大诗人）
ISBN 978-7-5217-5189-5

Ⅰ.①李… Ⅱ.①国…②崔… Ⅲ.①李白（701-762）-唐诗-诗歌欣赏 Ⅳ.①I207.22

中国国家版本馆CIP数据核字（2023）第015002号

李白：银鞍白马少年游
（你好！大诗人）

著　　者：《国家人文历史》
绘　　者：崔若玮
出版发行：中信出版集团股份有限公司
　　　　　（北京市朝阳区东三环北路27号 嘉铭中心　邮编 100020）
承　印　者：北京顶佳世纪印刷有限公司

开　　本：720mm×970mm　1/16　　印　张：5.75　　字　数：150千字
版　　次：2024年8月第1版　　　　 印　次：2024年8月第1次印刷
书　　号：ISBN 978-7-5217-5189-5
定　　价：38.00元

出　　品：中信儿童书店
图书策划：好奇岛
特约主编：熊崧策　　　　项目策划：黄国雨　　　　本册主笔：周冉
特约策划：时光　　　　　装帧设计：王东琳　陈翊君　东陈设计（左梦心、房媛、李霓、汪龙意、吴双彤）
策划编辑：鲍芳　明心　　责任编辑：陈晓丹　　　　营　销：中信童书营销中心
封面设计：姜婷　　　　　内文排版：王莹

版权所有·侵权必究
如有印刷、装订问题，本公司负责调换。
服务热线：400-600-8099
投稿邮箱：author@citicpub.com